Ruslan Kirejew

Glühwürmchen

Ruslan Kirejew

Glühwürmchen

Novelle

Deutsch von Waltraud Ahrndt

Verlag Neues Leben Berlin

Titel des russischen Originals: Светлячок

Illustrationen von Stephan Köhler

ISBN 3-355-00833-8

Verlag Neues Leben, Berlin 1989
Lizenz Nr. 303 (305/41/89)
LSV 7201
Schutzumschlag und Einband: Stephan Köhler
Typografie: Ingrid Engmann
Schrift: 11 p Garamond-Antiqua
Gesamtherstellung: Offizin Andersen Nexö,
Graphischer Großbetrieb, Leipzig III/18/38
Bestell-Nr. 644 629 4
00680

„Erzähle“, hast du mich gebeten, „erzähl mir von dir.“ Ohne ein Lächeln hast du die Bitte geäußert, das weiß ich noch genau, Ljuba.

Du hast also keine spaßigen Histörchen erwartet von mir. Du hast dich nicht amüsiert wie die anderen.

Du denkst, ich bin den anderen böse? Nichts dergleichen. Sie amüsieren sich doch auf gutmütige Weise, wenn sie mich sehen. Ein bißchen komisch finden sie es natürlich, daß sich ein Mann heutzutage mit Büchern abgibt, aber das macht nichts. Sie wenden sich ja alle naselang an mich: Juri Iwanowitsch, Juri Iwanowitsch ... Du hast nur das Thema genannt, weißt du noch, weiter nichts, und als du anderntags kamst, war die Liste schon fertig. Ganz exakt, zwei Seiten lang. Siebenunddreißig Titel ...

Wie du die Brauen hochgezogen hast! Sie sind schön, deine Augenbrauen, dunkel. Ich stand da und lächelte. Du hobst den Blick. Deine Augen sind ebenfalls schön, auch dunkel, sie glänzen. Nur deine Stimme ... Wahrscheinlich klingt sie so vom Rauchen. Aber das macht nichts. Später habe ich es gar nicht mehr bemerkt, aber damals fiel es mir auf.

Weißt du noch, welche Worte du gesagt hast?

„Sie sind ein Schatz, Juri Iwanowitsch."

Das waren die ersten Worte, die du sagtest. Zu mir persönlich. Nicht einfach zu dem Bibliothekar, einem namenlosen Menschen in hellem Anzug, sondern zu mir persönlich. Du sahst mich an (früher hattest du mich angeschaut, aber nicht gesehen) und sagtest:

„Sie sind ein Schatz, Juri Iwanowitsch."

Und ich? Wahrscheinlich habe ich mir die Wange gerieben. Die linke ... Wo der Leberfleck ist. Das ist so eine Angewohnheit von mir, du weißt ja.

Eigentlich gebe ich nicht Bücher aus, das ist nicht meine Aufgabe, aber für dich habe ich sie hinausgebracht. An jenem Tag und auch später, eine Woche darauf, als du neue holtest. Ich wartete – es muß ja unterschrieben werden –, und du blättertest ungeduldig.

„Danke. Das ist genau das Richtige!"

Und abends, als ich das Haus verließ, hast du mich angesprochen:

„Juri Iwanowitsch!" Und tap-tap, tap-tap, auf deinen hohen Absätzen. Auch mit Absätzen reichst du mir nur bis zur Schulter, obwohl ich durchaus kein Riese bin. „Noch mal schönen guten Tag!"

Studenten überholten uns. Sie grüßten mich freundlich, doch eigentlich haben sie alle dich angestarrt.

Im Gehen knöpftest du deine Wildlederjacke zu. Immer hast du es eilig, immer hast du etwas Wichtiges vor, immer wartet jemand auf dich. Alles wartet nur auf dich: die Läden, die Cafés, die Autobusse mit geöffneten (extra für dich) Türen, Münzfernsprecher, die für andere nicht funktionieren, aber für dich – bitte sehr. Alles wartet, und trotzdem hast du deinen Schritt verlangsamt, um mir zu danken. Es war schon sehr gutes Material, das ich ausgesucht hatte. Besonders über Chamisso. *Adelbert von Chamisso*, mit Betonung auf der zweiten – nicht der letzten! – Silbe. Hier irren nicht nur Studenten, sondern auch Professoren, sie sprechen den Namen französisch aus, weil er ja trotz allem ein Franzose ist, kein Deutscher.

Du nicht. Du hast ihn richtig ausgesprochen. „So was!" hast du erstaunt gesagt (während über uns in den kahlen Pappeln die Dohlen krächzten). „Er steht in deutschen Lesebüchern, die Kinder lernen es so, dabei hat er bis zu seinem dreizehnten Jahr kein Wort Deutsch gehört. Und hat auch später mit Akzent gesprochen. Bis zu seinem Tod. Und hat französisch gedacht. Und französisch gezählt."

Und im Traum französische Löwen gesehen, ergänzte ich, aber in Gedanken. Ich rede oft in Gedanken, du weißt ja.

Chamisso hat ebenfalls in Gedanken Gespräche geführt. Glaube ich. Mit Löwen beispielsweise. Steinernen Löwen ... Obwohl, wenn es im Traum war, dann waren es richtige Gespräche.

Wie in seiner Kindheit ... Hat ihnen wahrscheinlich Vorwürfe gemacht (im Traum, nur im Traum!), daß sie das Schloß nicht behütet haben.

Das Schloß hat er auch im Traum gesehen. Dort der Feigenbaum am Brunnen, dort der Torbogen ... Ich spinne nicht, das mußt du nicht denken – dies alles gibt es in seinen Versen.

Hoch ragt aus schatt'gen Gehegen
Ein schimmerndes Schloß hervor ...

So sieht es freilich nur von fern aus. Wenn man darauf zufährt. Die Ebene, der Weg, die Kutsche mit hochgeklapptem Verdeck. Darin ein Mann und ein Junge im Samtwams. Er schaut den Vater heimlich von der Seite an. Heimlich deshalb, weil der Vater in letzter Zeit so sonderbar ist.

Nicht nur der Vater ... Mama hat aufgehört zu musizieren. Der hagere lange Curé lacht nicht mehr wie früher. Seltsamerweise sind alle lang und hager, ist dir das aufgefallen? In Büchern und auch in Filmen ...

Der Curé tuschelt mit dem Onkel. Dieser Onkel wohnt in Reims. Wenn er auf dem Schloß weilt, schreibt er immerzu etwas. Er tuschelt oder schreibt. Dann zerreißt er es wieder mit seinen knochigen Händen und wirft die Schnipsel in den Kamin. Manchmal wenden sie sich beide an den Vater, dieser aber geht schweigend umher. Auf und ab, auf und ab ... Unter seinen Füßen knarrt das gelbe Parkett. Oder war es rosa? Nein gelb.

Der Vater scheint auf etwas zu lauschen. Damals versteht Adelbert nicht, worauf, aber später wird er es begreifen. Auf die Reden, die in der Nationalversammlung der Deputierte aus Arras führt. Robespierre ist der Name des Deputierten. Robespierre, ja. Einst schrieb er Gedichte, aber schlechte. Ich habe sie allerdings nicht gelesen, bei uns gibt es sie nicht.

Das Parkett knarrt, im Kamin knistern die Scheite. Lauter alltägliche Geräusche (dasselbe wie für uns der Autolärm draußen vorm Fenster), doch Adelbert beschleicht Angst. Er schlüpft hinaus auf den Hof zu seinen Löwen. Ich habe mir lange den Kopf zerbrochen, wie sie geheißen haben mögen, und bin zu dem Schluß gekommen: Fénice und Cliges. Das sind Helden von Chrêtien, du erinnerst dich. Von Chrêtien de Troyes ... Ihn, seinen Landsmann, wird Adelbert bestimmt gelesen haben.

Ich habe in meiner Kindheit Chrêtien nicht gelesen, er wurde damals bei uns nicht verlegt, aber jetzt ist mir so, als hätte ich ihn gelesen. Gerade ihn. Im Hausgärtchen ... Und drinnen im Haus ging der Vater umher. Auf und ab, auf und ab ... Schweigend. Wenn Mutter sprach, dann bat er nur: „Nicht so laut!" Und schloß das Fenster. Wozu mußten die Nachbarn Bescheid wissen!

Aber die Nachbarn kriegten es doch heraus. Wie auch nicht! Wer war denn schließlich Zeuge bei der Haussuchung? Die Trofimowna und die Gussicha, die eine hatte keine Zähne mehr, der anderen fehlte ein Auge, aber ihre Zungen konnten sie wetzen! –

Vater war an jenem Tag nicht heimgekommen. Wie hatten wir auf ihn gewartet! Mama trat vor den Spiegel, sah aufmerksam hinein, als erblickte sie eine fremde Frau, kniff die Augen zusammen und schüttelte heftig den Kopf, immer wieder. Sie glaubte es nicht ... Ich wußte nicht, was, aber sie glaubte es nicht. Ich beobachtete sie heimlich. Genau wie Adelbert seinen Vater, du erinnerst dich, als sie heimfuhren ins Schloß (im Wagen).

Plötzlich klingelte es. Lange: bi-i-im! Damals hatten die wenigsten eine Türklingel, in unserem Hof nur wir, und mir machte es Spaß, zu klingeln, besonders wenn ich jemanden mitbrachte. Aber Vater – der klingelte nie.

Gefällt es dir nicht? Du hast doch selbst gebeten: „Erzähl von dir ...“

Eine Tür steht offen, eine zweite; dort, weit hinten, brennt der Tannenbaum, du trägst ein Kleid mit kurzen Ärmeln, gar nicht zu Neujahr passend, dein Haar ist zurückgekämmt, darauf glitzert Flitter ...

Nein, das war nicht damals. Das war ein andermal. Ist aber egal ... „Erzähl von dir.“ So erzähle ich nun.

Bi-i-im – und Stille. Lange, lange. Ich sah Mama an – sie stand immer noch vorm Spiegel, nur daß sie sich jetzt nicht mehr betrachtete. Oder wenn sie sich betrachtete, so sah sie sich doch nicht. Sie lauschte zur Tür.

Und wieder – bi-i-im. Nun blickte sie zu mir herüber. Wollte etwas sagen, sagte es aber nicht, ging öffnen.

Weißt du, wie sie ging? Als säße auf ihrer Schulter ein Vogel und als hätte sie Angst, ihn aufzuscheuchen.

Sie waren zu dritt, im Gefolge die Trofimowna und die Gussicha, so was von höflich (eine wollte der anderen den Vortritt lassen), und Mama als letzte. Sie ging nicht voraus wie sonst, wenn sie Besuch hereinführte, elegant, mit stolzem weißem Nacken, sie ging hinterdrein. Als wäre sie nicht bei sich zu Hause.

Der eine (wahrscheinlich der Chef) setzte sich sofort an den Tisch … Ach nein, nicht sofort. „Sie gestatten?" fragte er und sah Mama an, sie aber schwieg, den Blick gesenkt.

„Na gut", sagte der Chef. Er setzte sich, holte Papier und Füller heraus. „Vielleicht geht das Kind inzwischen an die Luft? Oder zu den Nachbarn?"

Mama entgegnete wieder kein Wort, und er sagte wieder: „Na gut." Er setzte zum Schreiben an, aber der Füller funktionierte nicht.

„Die Tinte ist alle." Er lachte. „Hast du mal Tinte?" fragte er mich.

„In der Schule schreiben sie nicht mit Füller", sagte der andere, der dabeistand, worauf der dritte, ebenfalls stehend, widersprach:

„Doch, in der zehnten Klasse."

„Er ist doch noch nicht in der zehnten. In der dritten wahrscheinlich? Oder in der vierten?"

Das galt wieder mir … Aber mir hatte es total

die Sprache verschlagen. Eigentlich doch nichts Besonderes, scheinbar ganz gewöhnlicher Besuch – wie alt bist du, in welche Klasse gehst du? –, aber ich brachte kein Wort hervor.

Der eine fand schließlich was zum Schreiben. Einen Kugelschreiber. Das war damals geradezu ein Wunderding, noch ausgefallener als die elektrische Türklingel. Sie debattierten hin und her, ob ein Kugelschreiber benutzt werden dürfte. Der eine sagte ja, der andere nein, und mir rutschte das Herz in die Hosentasche: Am Ende fragen sie mich!

Sie fragten mich nicht. Sie gingen durch alle Zimmer, schauten in alle Ecken, und immerzu wandten sie sich an Mama, sehr höflich, doch Mama gab keinen Ton von sich. Nur drei Worte brachte sie hervor:

„Wo ist er?"

Man antwortete ihr höflich:

„Sie bekommen Bescheid."

Wertsachen fanden sie nicht. Wahrscheinlich gab es keine, und wenn es sie gegeben hätte, wozu sie verstecken! Die Untersuchung zog sich ja einen ganzen Monat hin. Genau einen Monat.

Am letzten Tag – dem allerletzten – waren wir zusammen aus dem Haus gegangen. Ich zur Schule, Vater in seine Trikotagenfabrik. Früher waren wir nie gleichzeitig aufgebrochen, nur dieses eine Mal. Ich grüble immer noch: War das Zufall? Manchmal scheint es mir so, manchmal wieder nicht.

Im Toreingang blieb er stehen. Er griff in die

Jackentasche, ganz langsam. Holte die Zigaretten heraus ... Ich blieb auch stehen, und während er anrauchte, sagte er zu mir: „Geh!“ Einfach nur „Geh!“, weiter nichts. In sein Gesicht zu schauen, wagte ich nicht, nicht einmal, den Kopf zu heben. Vor meinen Augen war das Jackett, dunkelblau, mit weißer Asche bestäubt. Und Haare lagen darauf, lauter Haare ... Bei manchen werden sie grau, bei ihm fielen sie aus. Ich sage das, damit du weißt, daß die Glatze bei mir erblich ist.

„Geh!“ wiederholte er. „Geh!“ Eine Stimme wie aus einer Gruft.

So ging ich denn, und er blieb zurück. Gern hätte ich mich noch mal umgedreht, aber ich spürte: Das darf ich nicht.

Und am Abend erschienen *sie*. Es war schon dunkel, aber was nützt Dunkelheit, wenn als Zeugen die Trofimowna und die Gussicha dabei sind!

Am nächsten Tag wußte es der ganze Hof ... Ich kam aus der Schule, und auf dem Spielplatz spielten sie „Hase und Jäger“. Geschrei, Gelächter und plötzlich – Stille mit einem Schlag. Genauso wie tags zuvor bei uns, als es klingelte.

Mit der Schultasche in der Hand kam ich zum Tor herein. Mit einer guten Schultasche. In einem guten Anzug. Das Direktorensöhnchen. Das ehemalige ...

Alle standen starr wie die Gipsfiguren im Park, und der Ball hüpfte auf mich zu.

Ich blieb stehen. Der Ball rollte direkt vor meine Füße, doch ich hob ihn nicht auf. –

Silytsch, der Kauz, ruft. Ich schreibe, und er ruft und ruft ...

Chamisso wohnte im Schloß, du weißt es, doch außer ihm gab es noch andere Jungen. Bauernkinder ... Einmal traf er auf sie hinter der Kapelle (du erinnerst dich: „Ich tret in die Burgkapelle und suche der Ahnherrn Grab ..."), sie balgten sich, doch als sie den jungen Schloßherrn erblickten, hielten sie augenblicks inne, die Münder verkniffen, in den Augen Haß.

Warum? Was hatte er ihnen getan? Adelbert (damals noch Adélaïde) wußte keine Antwort, er war noch klein, und wen sollte er fragen? Er schaute nur und lauschte und fragte nach nichts. Nicht einmal danach, ob sie für lange Zeit in Reims bleiben würden.

Wie wunderbar waren diese Reisen gewesen – früher! Ich war nicht in Reims, überhaupt nicht im Ausland, aber ich kann es mir vorstellen. Die engen Gassen, das Händlergeschrei (Süßigkeiten, Getränke), das Rumpeln der Räder auf dem Kopfsteinpflaster.

Offenbar, sagtest du, liebe ich die Stille. Ich weiß, warum du das vermutest. Die Bibliothek! Der einzige Platz auf Erden, wo geflüstert wird.

Wieso denn der einzige? Und der Friedhof? Das sagte ich nur zu mir selbst, sprach es nicht aus, und wir näherten uns auch gerade dem Hutsalon. Du bliebst stehen.

„Warten Sie einen Moment? Ich bin gleich wieder da, ich hole nur etwas ab."

Fort warst du, und ich schaute durchs Fenster hinein. Sie sind niedrig dort, die Fenster, zu ebener Erde. Gelbes Licht, gelbe alte Männlein, mit blauen Ärmelschonern, und das Bügeleisen glitt dahin. Es glitt dahin und dampfte. Die Schere riß ihr Maul auf – eine lange Schere, wie zwei Säbel, und wie Säbel blitzten die Zähne der alten Männer. Metallzähne ... Sie hockten da und breiteten ihre kurzen Arme aus. Dann beugten sie ihre wächsernen Stirnen wieder über den Tisch, der Dampf stieg noch heftiger auf – vielleicht Dampf, vielleicht auch Rauch –, die Tür sprang auf, und du stürmtest heraus. Als hätten die Alten in ihrem Keller dich rotgeglüht und dich dann hinausgeschossen – rums!

Du warst wütend. Nicht fertig, dabei hattest du dich darauf eingerichtet, du brauchtest ihn – heute noch! Ich sah deinen Kopf an. Darauf saß ein Hut. Ein hübscher Hut.

„In einer Stunde, haben sie versprochen." Du blicktest rasch auf die Uhr. „Gehen wir ein Stück? Ich bringe Sie nach Hause."

Mich? Für einen Moment verschwand alles – Menschen, Autos; nur ich war da, allein und hilflos, und du schautest mich an.

„Es ist gleich hier", stammelte ich.

„Wo hier?"

„Dort ... Wo der Trolleybus um die Ecke biegt." Der Trolleybus war rot und schaukelte wie eine Ente.

„So nah!" freutest du dich. Und hast mich wieder angeschaut. Erwartungsvoll. Wie hätte ich es fertigbringen sollen, dich nicht einzuladen!

„Wir können zu mir gehen, wenn Sie mögen …"

„Ich mag."

Und du hast dich geräuspert. Hattest dich wieder gefangen nach deinem Ärger mit den alten Männern, hattest den Hut vergessen und hast, glaube ich, gar nicht richtig zugehört, was ich da stammelte von Tee und von der Junggesellenunordnung bei mir.

Das Zimmer gab beim Eintreten sofort alles schamlos preis. Den krakeligen Fleck an der Wand. Die Stehlampe mit dem ellipsenförmigen Lampenschirm. (Ich hatte ihn mehrmals zurechtgebogen, aber er verzog sich immer wieder.) Das Regal mit dem eingesetzten Bein – aus Blech.

„Eine Filiale der Bibliothek?"

Nun sah auch ich die Bücher. Sie kamen aus allen Winkeln hervorgehüpft und verdrängten die Stehlampe und auch das invalide Regal.

Ich setzte Teewasser auf und holte Konfekt.

„Und da sagen Sie – Junggesellenwirtschaft!" Du nahmst dir mit zwei Fingern ein Stück Konfekt.

Ich stand mit dem Rücken zu dir. Klirrte mit Tassen und Löffeln … Es war gutes Konfekt, von einer Leningrader Firma. Das gibt es bei uns selten, aber für mich heben sie immer welches auf. Sie denken, ich kaufe es für meine Mutter. Oder für meine Frau. Sie lächeln, wenn ich hereinkomme und wenn ich wieder gehe. „Der ist schrecklich nett", sagen sie. Ich hab's selbst gehört …

Du fragtest nicht, für wen ich Konfekt kaufe. Du sagtest nicht erstaunt und spöttisch: Etwa für sich selbst? Du legtest es akkurat in der Schale zurecht und wandtest dich den Büchern zu. All dies spürte ich mit dem Rücken. Ich spürte es und wußte, wen du suchst.

Vierzehn Jahre arbeite ich schon in der Universität (als ich anfing, war es noch ein Institut), aber du bist die erste, die sich mit Chamisso beschäftigt. Warum ausgerechnet mit ihm, rätselte ich. Nicht mit E. T. A. Hoffmann – Hoffmann ist ja bei uns besonders beliebt –, nicht einmal mit Kleist, sondern mit Adelbert Chamisso, von dem viele noch nie gehört haben. Sogar manche Philologen nicht ... Und ein Durchschnittsbürger, was weiß er über ihn? Nichts. Höchstens, daß er zufällig in einem Lexikon auf ihn stößt: „Chamisso, Adelbert von: deutscher Schriftsteller und Naturforscher ... Sein bekanntestes literarisches Werk, die Novelle ‚Peter Schlemihls wundersame Geschichte', brachte ihm Weltruhm. Er übersetzte Béranger, schuf eine freie Nachdichtung des Poems ‚Woinarowski' von K. F. Rylejew ... Gestaltete mit starker Anteilnahme das Schicksal des Dekabristen A. A. Bestushew ... Lyrik vielfältiger Art. Der Gedichtzyklus ‚Frauenliebe und -leben' wurde von R. Schumann vertont ..."

Ich habe kein Lexikon. Dafür habe ich eine Fotografie. Die Kathedrale, Notre-Dame. Ich hielt sie schon in der Hand, um sie dir zu zeigen, aber dann stellte ich sie auf ihren Platz zurück.

So weißt du immer noch nicht, daß dies die Kathedrale von Reims ist, die der kleine Adelbert so bewundert hat.

Auf der letzten Reise bewunderte er sie nicht. Sie kam einer Flucht gleich, diese Reise.

Geschlossene Läden ... Menschenansammlungen hier und da. Vor den Manufakturwerkstätten versperrt die Menge die Straße. Ein Faß, auf dem Faß ein Mann, das Haar wirr, die Mütze in der Hand. Sie machen kehrt (die Pferde werfen die Köpfe zurück – irgendwo habe ich so ein Bild gesehen), sie biegen um eine Ecke, noch einmal um eine Ecke, und da ist endlich das Haus des Onkels.

Die Söhne des Onkels kommen ihnen aus dem Haus entgegen. Sie sagen etwas. Sie lächeln. Aber ihre Augen ... Ihre Augen ...

Den Ball habe ich damals also nicht aufgehoben. Ich wußte, ich hatte kein Recht dazu. Ich stieg über ihn hinweg und ging zum Haus.

Mama war nicht da. Ich dachte, sie kommt gegen zwei zurück, aber sie kam nicht. Früher war sie um zwei Uhr immer daheim: Vater kam dann zum Essen. Er fuhr vor, und ich fuhr weg. Unterwegs plauderte ich mit dem Chauffeur (er hieß Onkel Gera), und ich weiß noch, ich kam mir schrecklich klug vor.

Onkel Gera wohnte in einem Vorort. Während er Mittag aß, spazierte ich in seinem Garten umher. In dem Garten wuchsen Sauerkirschen, auch Süßkirschen und Aprikosen ... Ich riß welche ab, und Grosny, der Hund, sah mir zu. Er lag an der Kette und machte seinem Namen Ehre: Grosny, der Schreckliche. Zottig, mit glühenden Augen. Aber ich fürchtete mich nicht. Die Kette, glaubte ich, war fest genug. Ich stolzierte direkt vor seiner Nase herum mit einer Birne oder einem Pfirsich in der Hand. Dann ging es flink wieder zu uns nach Hause, Papa fuhr weg, und ich blieb.

Ein guter Mensch war Onkel Gera. Wirklich. Er schummelte nicht, wie ich in der Konditorei. Er fuhr dann schon lange einen anderen Direktor, aber manchmal kam er kurz zu uns, und einmal nahm er mich sogar mit. Wie früher ... Alles war wie früher – unser Gespräch unterwegs und der Garten und auch Grosny, aber jetzt fand ich mich nicht mehr so klug, und die Kette, an der Grosny lag, schien mir nicht mehr so stabil. Dafür waren Pflaumen und Pfirsiche schmackhafter geworden, nur wagte ich sie nicht abzureißen. Die Frau von Onkel Gera verstand das. Sie pflückte selbst welche, viele, packte sie in eine Tüte, und die gab sie mir.

Und dir? Hat dir jemand etwas in einer Tüte zugesteckt, als deine Mutter gestorben war?

Es gab noch einen anderen Garten, mit Birnbäumen, am Meer. Es ist heiß, ich laufe barfuß, mein Hemd plustert sich im Wind ...

Das nur nebenbei. Mit Chamisso hat das nichts zu tun. –

Nur ein paar Tage wohnten sie beim Onkel in Reims. Und dann ... Dann brach die Fackelnacht über sie herein.

Bereits tagsüber war ein Trupp in die Stadt gekommen, alles Bauern. Manche mit Lanzen, andere mit Sensen, einige hatten auch Karabiner. Die Stadtbewohner grüßten sie mit „Vivat!". Fässer mit Wein wurden auf die Straße gerollt, über offenen Feuern briet man Fleisch. Und als die Dunkelheit einfiel, flammten Fackeln auf. Die Menge drängte zum Haus des Herzogs Valitier. Schüsse, Zersplittern von Glas. Ein Hund begann zu heulen.

„Schurken!" stöhnte der Graf Chamisso. „Diese Schurken!"

Der Onkel hinter ihm meinte:

„Du bist unvernünftig, Louis."

Das sollte bedeuten, daß es nicht ungefährlich war, eine solche Stimmung in der Stadt zu zeigen.

Ach, was heißt Stadt – im Haus. Das Haus könnte gefährdet werden ...

Adélaïde schlief nicht in dieser Nacht. Die anderen Kinder, älter als er, schliefen, er jedoch lag da, lauschte, beobachtete den Widerschein des Feuers.

Am Morgen begannen sie zu packen. Als es dunkel wurde, verließ die Familie Chamisso die Stadt Reims. Und ein paar Tage später auch Frankreich.

Ja ... Vielleicht war es so, vielleicht nicht ganz so. Du brauchst die Details nicht. Ich hole sie mir aus verschiedenen Büchern zusammen, aber was sollst du damit? Fünf Zeilen schreibst du über all dies in deiner Dissertation, in der Einleitung. Adelbert von Chamisso, wirst du schreiben, war seiner Herkunft nach ein französischer Aristokrat. Während der Revolution emigrierte seine Familie aus Frankreich. Eine überstürzte Emigration. Eine Flucht ... Wohin? Nach Belgien. Aus Belgien nach Holland. Von Holland ... Jedenfalls, sie zog von Ort zu Ort, bis sie in Preußen unterkam. Gut unterkam. Sicher. Unter dem persönlichen Schutz von König Friedrich Wilhelm II. Dessen gekrönter Gemahlin gefiel der junge Franzose so gut, daß sie ihn zu ihrem Pagen machte. Er hatte langes Haar, bis auf die Schultern, und dunkle Augen. Deutsch sprach er bereits, aber schlecht, mit drolligem Akzent. Bei Hofe war er beliebt.

Du wunderst dich? Du fragst, wozu das alles? Hast du mich doch gebeten, von mir zu erzählen, nicht von ...

Aber ich erzähle ja von mir. Ja, Ljuba. Ich erzähle alles ehrlich (nicht wie in der Konditorei) und alles der Reihe nach. Der Reihe nach ... Und außerdem, du selbst hast so oft das Gespräch auf Chamisso gebracht, und ich – hast du's bemerkt? – habe dazu geschwiegen. Ich hatte über ihn nachgedacht, über ihn gelesen, ihn selbst gelesen – nicht ein- oder zweimal, sondern viele Male (den „Schlemihl" kenne ich ja fast auswendig) –, aber ich habe nicht darüber geredet. Jedenfalls sehr selten. Ich habe nicht einmal wissen wollen, warum du dich ausgerechnet mit diesem Schriftsteller befaßt.

„Sie haben eine wunderbare Gabe, Juri Iwanowitsch“, sagtest du einmal. „Sie stellen niemals Fragen.“

Manchmal frage ich schon. Du glaubst es nicht? Gleich fasse ich mir ein Herz und …

Silytsch ruft. Kiwitt – kiwitt …

Nicht jetzt – später. Später werde ich fragen …

Du warst ein bißchen außer Atem – hattest Walzer getanzt, während ich in einer Ecke stand, lächelnd, im hellen Anzug.

Du selbst hast mich gesucht.

„Langweilen Sie sich?“

„Nein“, wehrte ich erschrocken ab. „Nein, wieso denn!“

Aber du hörtest mir schon nicht mehr zu. Du sahst mich auch nicht mehr an. Du blicktest zu Iglikow. Zu Konstantin Alexandrowitsch Iglikow, aber so, daß er es nicht merkte. Weder er noch ein anderer. Außer mir. Ich zählte nicht.

Wie ein Schauspieler auf einer Drehbühne stand Konstantin Alexandrowitsch plötzlich neben uns.

„Frohes neues Jahr, Juri Iwanowitsch!“

Er sagte es munter, fröhlich … Alle sprachen mich fröhlich an, aber er war besonders fröhlich.

„Der eleganteste Mann der Fakultät“ heißt es

von ihm. Nicht schön – elegant. Er kleidet sich erlesen, bewegt sich edel, spricht edel. Seine Vorlesungen gefallen den Studenten.

Einmal habe ich eine besucht – über die amerikanischen Romantiker.

„Cooper ist nicht naiv“, sagte Konstantin Alexandrowitsch. „Cooper ist jung, wie Adam, der herzhaft in seinen allerersten Apfel beißt. Und ringsum – die neuerschaffene Welt. Es juckt ihm nur so in den Fingern, alles zu beschreiben, zu erklären, denn er glaubt, das hat vor ihm noch niemand getan. Daher die Längen. Daher das scholastische Bestreben, alles zu motivieren. Die Angst eines Kindes, welches fürchtet, nicht verstanden zu werden. Während das altersschwache Europa, um sich zu verjüngen, wieder mal ein modisches Kleid überzog, probierte Amerika gerade sein erstes Kleid an. Und es stand ihm. Wenn der Mensch jung und stark ist, steht ihm alles.“

Ihm, Konstantin Alexandrowitsch, steht ebenfalls alles. Ganz gleich, ob seriöser Anzug oder Pullover oder auch nur ein einfaches Hemd, unter dem die Muskeln spielen. Einfach alles steht ihm, denn er ist sehr stark und sehr jung, dein wissenschaftlicher Betreuer. Jung, obwohl er sechs Jahre älter ist als ich. „Hab mein fünftes Jahrzehnt angerissen“, sagte er, als er vom Barren absprang. Schlank und groß, im seidenen Turnhemd ... Und ich saß da, von Aktendeckeln umgeben, nur meine Glatze glänzte inmitten all des Papiers.

Mit Fug und Recht gilt er als Sehenswürdigkeit der Fakultät. Er – der Fakultät, ich – der Bibliothek. Da standest du nun zwischen zwei Sehenswürdigkeiten, und die eine sagte zur anderen, als die Musik wieder zu spielen begann:

„Und Sie, Juri Iwanowitsch? Tanzen Sie nicht?"

Ich wollte schon lächelnd sagen: Natürlich nicht. Aber du kamst mir zuvor.

„Er tanzt! Darf ich bitten?"

Ich murmelte irgend etwas, aber du hörtest nicht hin.

Wir gingen wie auf einem schmalen Steg über einen Abgrund. Wir allein waren auf diesem Steg, alle anderen standen unten, glotzten und machten sich lustig.

Wir sind nicht heruntergefallen. Der Tanz ging zu Ende, wir kamen wieder an unseren Platz, nur war dieser Platz jetzt schon ein anderer (für dich), weil Konstantin Alexandrowitsch auf seiner Drehbühne ans andere Ende des Saales gefahren war. Über den Girlanden schwebte sein rotblonder Schopf. Ach, dort drüben! Und du wandtest dich zu mir.

„Wollen Sie nicht auch nach Hause?" fragtest du. „Dann könnten Sie mich begleiten. Es ist nicht weit."

Selbst wenn es weit gewesen wäre!

Frost, Mond, Lichter in den Fenstern …

„Und Sie?" fragtest du zerstreut. „Haben Sie einen Tannenbaum?"

„Nein", sagte ich. Ich hätte ebensogut ja sagen können – dir war es gleichgültig.

„Wir haben einen. Großvater Barbaris hat ihn gebracht."
„Wer?"
Du schwiegst, nur deine Absätze klopften. Laut und zornig. Dann erinnertest du dich wieder an mich. Alles andere war auf einmal vergessen. Du drehtest dich mir zu und sagtest irgendwie zärtlich, wenn auch ein wenig heiser:
„Großvater Barbaris. Ein sympathischer Alter in Filzstiefeln. Ein Freund meines Sohnes."

So hörte ich zum erstenmal von deinem Sohn. Aber ich war nicht erstaunt. Wie alt er wohl sein mag, überlegte ich, und just in diesem Moment antwortetest du:
„Fünf. Fünf Jahre." Und du hast gelacht.
Und wie heißt er? fragte ich – abermals nur in Gedanken –, und du lachtest wieder.
„Petja. Peter."

Du kannst dir natürlich denken, an wen ich sofort gedacht habe, wem zu Ehren du ihn so genannt hast. Nach *Peter Schlemihl.*

Ich war vierzehn, als ich diesen Namen zum erstenmal hörte. Nein, nicht hörte – ich las ihn. Vierzehn ... Dreieinhalb Jahre nach Vaters Verhaftung. Und drei Jahre nach dem Zeitungsartikel. Der erschien gleich nachdem der Prozeß beendet war. „Der Trikotagenmann" war er überschrieben. Ich verstand nicht alles, was darin stand, aber daß mein Vater ein Gauner und ein Dieb ist, das begriff ich.

Ein Gauner und ein Dieb ... Mein Vater ... Wie konnte ich jetzt noch aus dem Haus gehen?

Ich verließ das Haus nicht. Nicht an jenem Tag, auch nicht am nächsten, aber am dritten Tag schickte Mutter mich doch zur Schule.

Stille trat in der Klasse ein, kaum daß ich erschienen war. Von allen Seiten nur Blicke, ich wagte den meinen nicht zu heben, aber ich spürte: Sie sahen mich an.

In der Pause schrieb jemand groß über die ganze Tafel: „Trikotagen". Dann erreichte mich ein Zettel, darauf nur ein einziges Wort, ebendieses ... Später zupfte Edik Makarow mich am Hemdsärmel und fragte: „Trikotagen?"

Dann war Klassenleiterstunde, da sprach die Lehrerin über Leute, die Staatseigentum stehlen. Den Namen nannte sie nicht, aber alle begriffen. Nachdem sie hinausgegangen war, brüllte die ganze Klasse: „Trikotagen! Trikotagen!"

Ich zur Tür, den Flur entlang, hinaus auf die Straße, und hinter mir schallte es: „Tri-ko-tagen!"

Nein, ich lief nicht auf die Straße, sondern auf den Schulhof, der ganz in der Sonne lag. Der Unterricht für den ersten Durchgang war gerade zu Ende, gleich würde der zweite anfangen. Die Schatten der Schüler vom zweiten Durchgang glitten an mir vorüber. Einige gleichmäßig, andere schienen zu stocken. Meinetwegen. Sie stockten und blieben stehen. Einen Blick auf den Sohn des „Trikotagenmannes" werfen – wer hätte sich das entgehen lassen!

Doch das waren alles ganz gewöhnliche Schatten, nur einer sah irgendwie seltsam aus. Ohne Kopf ... Ohne Kopf und ohne Arme. Vielmehr ohne Hände. Als bewegten sich Hose und Jacke von allein, als wären sie hohl. Mit Luft gefüllt. Das Ganze bewegte sich zusammen mit mir. Neben mir. Also war es meine Jacke. Und meine Hose. Auch meine Schultasche. Und mein Kopf? Wo war der geblieben? Ich faßte verstohlen hin – er war an seinem Platz. Ich bewegte die Finger, aber kein Schattenbild zappelte. Als ich die Schultasche aufhob, hing der Schatten in der Luft. Unter dem leeren Ärmel ...

Kennst du das Kino „Mir"? Früher war dort eine leere Fläche, ein Gerümpelplatz. Dort fand ich mich wieder. Ich war blindlings losgelaufen, bis ich dort anlangte. Ziegelschutt, ein Eimer ohne Boden, ein Wiener Stuhl mit einem Bein ... Alles warf einen Schatten: der Eimer, der Stuhl, der Stacheldraht, an dem Zeitungsfetzen flatterten. Der Schatten der Papierfetzen flatterte ebenfalls. Nur ich hatte keinen Schatten. Mein Kopf nicht und meine Hände nicht.

Ich blickte um mich – keine Menschenseele. Schnell zog ich die Jacke aus, streifte mir das Hemd über den Kopf, zusammen mit dem Unterhemd. Der Schatten verkürzte sich. Nur die Hose stand noch da – aus eigener Kraft gewissermaßen, durch nichts gestützt.

Verwirrt betrachtete ich meine Schultern. Keine Veränderung. Nicht die geringste. Ich warf mir die Jacke über.

In der Sonne lag ein struppiger Kater. Ich konnte von hier aus nicht sehen, ob er einen

Schatten hatte, und so ging ich vorsichtig ein Stück näher, der Kater aber stand auf und ging auch ein Stück. Ich blieb stehen, er ebenfalls. Ich ging weiter, er ging auch weiter. Eine schlaue Bestie! Eine gelehrte Bestie. Ein Kater Murr ...

Du weißt sicher, wie alt Chamisso war, als er E. T. A. Hoffmann kennenlernte. Siebzehn. Er diente als Fähnrich. In der preußischen Armee. In seiner Heimat gab es unterdessen den Achtzehnten Brumaire. Napoleon wurde Erster Konsul und ließ sich fünf Jahre später zum Kaiser ausrufen. In diesen fünf Jahren rüstete Deutschland zum Krieg gegen Frankreich. Was bedeutete das? Nun, es bedeutete, daß man Franzosen als Feinde betrachtete. Sogar diejenigen, die in der preußischen Armee dienten. Wie Chamisso. Oder Fouqué.

Nein, Fouqué wurde nicht als ein Feind betrachtet. Wer wußte denn noch, daß in seinen Adern gallisches Blut floß – er war schon längst ein deutscher Baron. Friedrich de la Motte Fouqué ...

Sie waren befreundet. Der eine groß, dazu schweigsam und gehemmt, der andere klein und flink. Zwei Dutzend Romane wird er schreiben. Zwei Dutzend Stücke. Die „Undine" wird er schreiben, die schon zu Lebzeiten des Autors unser Shukowski ins Russische übersetzt und nach deren Lektüre der nörglerische Gogol ausruft: „Ein Wunder!"

Er schleppte Chamisso mit zu den Vorlesungen von August Schlegel. „Du wirst ein Genie zu hören bekommen“, versprach er, und so war es dann auch.

Erst spät kehrten sie heim. Ihre Schritte hallten dumpf zwischen den hohen Gebäuden. Gotik ... Die gleiche Gotik, die Schlegel, dieser noch junge Mann mit Stehkragen, soeben in Dithyramben besungen hatte. „Schön, sehr schön“, hatte er zugegeben, „ist der Stephansdom in Wien, aber ist das römische Pantheon des Marcus Agrippa etwa schlechter?“ Und er hatte geantwortet: „Keineswegs.“

Den Hörern war geradezu eine Gänsehaut über den Rücken gelaufen, solch eine Kühnheit war das. Galt doch die Antike als großes Vorbild. Als unerreichbares Vorbild, und hier wurde nun einfach verglichen.

So gehen sie durch die schlafenden Straßen – zwei preußische Offiziere, zwei Franzosen, zwei künftige Klassiker der deutschen Literatur. Laut schallen ihre Stimmen – die eine mit starkem Akzent, die andere ... Der andere Offizier spricht einwandfrei. Der Mond scheint. Vor kurzem hat es geregnet, das Kopfsteinpflaster glänzt. Adelbert rezitiert Verse. Französische – damals konnte Corneilles Sprache deutsche Mauern noch nicht beleidigen. Fouqué hört aufmerksam zu, und als sein Freund verstummt, erregt das Urteil abwartend (denn es waren seine eigenen Verse), beginnt er selbst, etwas zu deklamieren, auf deutsch:

„Ich bin ein Mann! Wer ist es mehr?
Der hüpfe hoch und springe.“

Kennst du das? Schiller ... Ihr damaliger Abgott. Den sie über alles verehrten. Obwohl Schiller nicht zu finden ist auf Chamissos Arbeitstisch, den Peter Schlemihl im Traum sieht. (So etwas gab es meines Wissens noch in keinem Buch: Der Held träumt von seinem Autor.) Goethe liegt da, Humboldt, ein Roman von Fouqué, aber Schiller nicht.

Ich habe über Peter Schlemihl sehr viel nachgedacht. Er ist für mich ..., nun, so etwas wie ein Bruder.

Als du sagtest, wie dein Sohn heißt, ging es mir darum sofort durch den Sinn: Namensvettern! Aber ich sprach es nicht aus.

Wir überquerten gerade einen Platz. Dort stand eine Neujahrstanne, daran brannten bunte Lämpchen. Gewöhnliche Glühlampen, nur farbig.

Du fragtest, wo ich Neujahr feiern würde. Das Fest in der Universität dauerte noch an, noch trug Konstantin Alexandrowitsch stolz wie ein Hirsch seinen rotblonden Kopf durch den Saal, aber du dachtest nicht mehr an ihn. Schluß, aus! Wo ich Neujahr feiere – das war es, was dich interessierte.

Ich zögerte und druckste.

„Ach, noch ..."

Du verstandest sofort alles.

„Bei uns", sagtest du. „Sie werden Neujahr bei uns feiern. Jetzt gucken Sie, wo ich wohne, merken es sich, und übermorgen um elf Uhr ... Werden Sie es behalten?" –

Seltsamerweise denken alle, daß ich sehr zerstreut bin. Daß ich alles vergesse und verliere. Dabei habe ich vielleicht in meinem ganzen Leben nur einmal einen Zirkel verloren. Einen einfachen Schülerzirkel, fünfundfünfzig Kopeken hat er gekostet – in damaligem Geld. Ich weiß nicht, wo er abgeblieben war. Vielleicht hatte ein Mitschüler mir einen Streich gespielt – sie machten sich damals oft über mich lustig. Ich suchte lange, dann ging ich los und kaufte mir einen neuen. Ohne zu fragen. Eben das – daß ich nicht gefragt, daß ich ihn verloren hatte und dann „das Geld zum Fenster hinauswarf" – erzürnte Mama. Sie drehte jede Kopeke um, und ich …

„Schreib's dir hinter die Ohren: Wir haben keinen Vater mehr. Verstehst du: keinen Vater. Und ich bin nicht die Stabilste."

Wieso keinen Vater? dachte ich, er lebt doch, er hat sogar einen Brief geschrieben, und irgendwann kommt er bestimmt zurück.

Das war gegen Abend. Mama kam von der Arbeit, und ich kam aus dem Laden, mit diesem verflixten Zirkel in der Hand. Die Sonne ging unter. Genau hinter unserem Rücken ging sie unter, und unsere Schatten lagen lang auf dem Fußweg. Der eine – groß, mit Hut, der andere – klein und …, nein mit Kopf, vorerst noch mit Kopf, aber der Kopf war blasser als alles übrige. Ich wandte kein Auge von ihm. Je mehr Mama schimpfte, um so kürzer wurde mein Schatten. Bis er ganz verschwunden war. Kopf, Hals, Hände … Ich befühlte mich sogar: Bin ich noch da? Ja, ich war da …

Doch zu Hause war alles wieder normal. Elektrisches Licht wirkt nicht auf mich – nur natürliches. Und auch das nicht immer. Bin ich ruhig und ausgeglichen, so ist der Schatten an seinem Platz, aber kaum rege ich mich auf, schmilzt er dahin. Als ob bei nervlicher Anspannung in meinem Körper etwas vor sich geht. Vielleicht gruppieren sich dann die Moleküle anders, vielleicht bildet sich auch ein Sekret, das den Körper durchlässig macht für Sonnenstrahlen.

Solche Erwägungen stellte ich freilich erst später an, damals aber ... Um ehrlich zu sein, so sehr hat mich diese drollige Eigenschaft anfangs gar nicht erschreckt. Mir war auch, als hätte ich etwas Ähnliches irgendwo schon gehört. Gehört oder vielleicht auch gelesen, aber wo – ich kam nicht darauf. Ich strengte mich auch nicht besonders an. Was war das schon, ein Schatten! Ich zerbrach mir nicht weiter den Kopf, bis ...

Doch zurück zu Chamisso. Er war klüger als ich und auch älter, aber konnte er denn vorhersehen, wie folgenschwer der Achtzehnte Brumaire sein würde? Seine Eltern kehrten in aller Seelenruhe in die Heimat zurück, er aber diente weiter in der preußischen Armee. Er befaßte sich mit Griechisch und Latein, übersetzte Goethe ins Französische, und abends versammelten sich bei ihm in der Wachstube Freunde zu poetischen Teegesprächen. Und plötzlich – Austerlitz. Plötzlich – der Preßburger Frieden, und ein halbes Jahr später – der Rheinbund. Sechzehn deutsche Staaten leisteten Napoleon den Eid. Zwergstaaten, aber immerhin Staaten. Und die übrigen? Die übrigen machten sich vorerst noch stark. Vorerst ... Am 27. September 1806 schrieb ein französischer Intendant in sein Tagebuch: „Kaufte mir eine Karte von Deutschland."

Der Name dieses Intendanten ist allen bekannt. Stendhal ... Und die Karte kaufte er nicht von ungefähr, er konnte sie bald brauchen. Kein Monat war vergangen, da war er schon in Berlin. Nicht als Gast – als Eroberer. Und bald zog auch der Kaiser selbst hier ein. Auf weißem Rosse. Mit goldbesticktem Hut.

Adelbert hat diesen triumphalen Einzug nicht gesehen. Nicht an der Spree war er zu dieser Zeit, sondern an der Weser. Allerdings nicht am französischen Fluß Vezère (mit Betonung auf der letzten Silbe), sondern an der deutschen Weser. Das sind zwei ganz verschiedene Flüsse, wenn auch ihre Namen ähnlich klingen. Nur an der Betonung kann man sie unterscheiden.

Oh, diese Betonungen! Adelbert achtete ganz genau darauf, daß er sich nicht versprach. Versprecher gab es bei den anderen. Bei den Deutschen ...

„Finden Sie nicht, Herr *Chamissó*", fragten sie lächelnd, „daß der Wasserspiegel der *Weser* gestiegen ist?"

Adelbert wurde rot.

„Chamísso", korrigierte er leise. „Von Chamisso."

Welchen Verdacht hegte man gegen ihn? Daß er heimlich mit dem Feind sympathisierte? Ja, er war Franzose – der Herkunft nach, aber jetzt war er Deutscher, ein freier Deutscher, und er war bereit, seine Pflicht bis ins letzte zu erfüllen.

Man hänselte ihn. Das Spiel mit den Betonungen wurde ein beliebtes Vergnügen bei den Witzbolden der Garnison. Kartenspiel, Trinkgelage und scheinbar arglose kleine Fragen. Beispielsweise, welcher Fluß nach Meinung des Herrn Chamisso tiefer sei: die Weser oder die Vezère?

Und das anstelle militärischer Übungen. Und das anstelle der Ausarbeitung eines Verteidigungsplanes. Ja, der Herzog von Braunschweig ist bei Jena geschlagen worden, ja, Napoleon ist in Berlin, aber der Krieg geht ja weiter. Die Festung Hameln ist immer noch eine deutsche Festung, und wir ... Wir ...

„Wir müssen bis zuletzt kämpfen!" forderte der Leutnant Chamisso. Vor Aufregung verstärkte sich sein Akzent, er fand nicht die richtigen deutschen Worte. „Wir können nicht ... Dort ist Hinburg." Er wies mit dem Finger hinter sich, obwohl Hinburg, die andere deutsche Festung, in entgegengesetzter Richtung lag, im Norden. „Sie werden Hinburg angreifen."

Die Offiziere lachten. Zu drollig sah er aus, der gallische lange Lulatsch, der von deutschem Patriotismus besessen war.

„Wie wäre es mit einem Glas Punsch?" fragten sie ihn. „Auf den Sieg ..." Aber sie verschwiegen listig, wessen Sieg sie meinten.

Adelbert war nicht schlagfertig, es verschlug ihm die Sprache. Mit krummem Rücken schlich er davon. Sie trauten ihm nicht! Sie dachten, er sei imstande, das Land zu verraten, das ihm zur zweiten Heimat geworden war. Das ihm Asyl geboten hatte …

Einsam durchstreifte er die Stadt. Unter seinen Füßen raschelte Laub – rote Blätter und gelbe. Hier und da waren sie zu Haufen zusammengeharkt und wurden verbrannt. Keinerlei Anzeichen von Krieg … Man webte Teppiche, drosch das Korn von der neuen Ernte. Und der Feind war doch schon in Fulda. Noch drei, vier Tage, und er würde hier sein.

Auf einer Brücke blieb Adelbert stehen. Er stützte sich aufs Geländer und schaute lange ins Wasser.

Unten trieb mit der Strömung ein Boot. Darin saßen ein alter Mann und ein Junge. Wahrscheinlich der Enkelsohn. So alt war Adelbert gewesen, als man ihn in deutsche Lande brachte. Er erkrankte damals, lag mit hohem Fieber, und als er die Augen aufschlug, erblickte er vor sich Ihre Majestät. Er wollte aufspringen, sich verbeugen, aber eine kühle Hand legte sich beruhigend auf seine Stirn.

Vielleicht aber erinnerte sich der hochaufgeschossene Offizier auch an andere Zeiten? An jenen sonnigen Tag, als er mit seinem Vater in der offenen Kutsche über die Ebene fuhr und am Horizont das Schloß schimmern sah. Ihr Schloß. Boncourt …

Jemand berührte ihn an der Schulter. Behutsam … Sehr behutsam, aber Adelbert zuckte zusammen. Vor ihm stand Bendel.

„Der Herr Leutnant haben seit dem Morgen noch nichts gegessen ...“

Der gute Kerl! Chamisso drückte ihm dankbar die Hand und stakste auf seinen langen Beinen eilig davon. Jetzt war er entschlossen! Ihr wollt nicht kämpfen? Ihr wollt die Festung widerstandslos aufgeben? Bitte sehr! Er hatte nicht die Absicht, sich an dieser Schande mitschuldig zu machen. Er war Soldat. Ein deutscher Soldat.

Heute, gleich jetzt, würde er den Rapport schreiben. Seinen Abschied einreichen! Er brauchte ihren Sold nicht! Nichts brauchte er. Er war ein Deutscher, ein freier Deutscher, und er wußte, wie er seine Ehre zu verteidigen hatte.

Er ging in sein Quartier. Gut, daß Bendel nicht da war, der würde ihn sonst wieder zum Essen drängen. Ohne den Mantel auszuziehen, setzte er sich seitlich an den Tisch und schrieb einige Zeilen. Er überlas das Geschriebene aufmerksam (nur keine Fehler im Deutschen machen!) und lief hastig hinaus.

Sie saßen immer noch beim Punsch. Gelächter erfüllte den Raum – lachten sie etwa über ihn? Sei's drum! Der Feind ist in Fulda, und sie amüsieren sich.

Entschlossen riß er die Tür auf. Der Hauptmann wollte gerade ausspielen, die Karte in der Hand, hielt aber inne und sah ihm belustigt und erwartungsvoll entgegen. Nun? Was würde dieser Tölpel noch vom Stapel lassen? Konnte er es nicht erwarten, gegen seine ehemaligen Landsleute zu kämpfen?

Adelbert tat einen Schritt nach vorn. Alle

blickten ihn an. Der Hauptmann hatte die Hände nicht frei, und so legte Leutnant Chamisso den Rapport auf den Tisch.

Der Hauptmann las, ohne die Karten aus der Hand zu legen. Er las einmal, noch einmal, dachte nach und kaute dabei an seinem Schnurrbart. Dann schnipste er mit den Fingern. Im selben Moment hatte er schon einen Federhalter in der Hand. Nur zwei Worte kritzelte er – zwei oder drei – und reichte das Blatt seinem Nachbarn. Das war ein rothaariger Kerl mit schwerem Kinn. Kaum hatte er einen Blick darauf geworfen, wieherte er los und gab es weiter, und der nächste gab es wieder weiter, ebenfalls lachend. So wanderte der Rapport rund um den Tisch, bis alle ihn gelesen und sich darüber amüsiert hatten. Adelbert stand da mit blutleerem Gesicht. Das dunkle Haar hing ihm auf die Schultern.

Schließlich kam das Papier zum Hauptmann zurück. Er ergötzte sich noch einmal daran und reichte es Chamisso. Dieser regte sich nicht.

„Bitte, Herr Leutnant."

Adelbert nahm es und ging, ohne zu lesen. Erst auf der Straße warf er einen Blick auf das Papier. Der Beschluß lautete: Weser oder Vezère?

Drinnen explodierte eine neue Lachsalve.

Du siehst, er war kein Franzose. Schon nicht mehr ... Und er war kein Deutscher. Noch nicht ... Erst zwanzig Jahre später wird er zaghaft sagen: „Ich glaube, ich bin ein deutscher Dichter."

Ein paar Monate vorher wird in Hamburg Heines „Buch der Lieder“ erscheinen. Jenes Buch, wo Heine im Vorwort zur zweiten Auflage begeistert schreibt, daß Chamisso „mit jedem Jahre sich blütenreicher verjüngt“. Und das schreibt Heine, der spottlustige Heine ... Und ein Vierteljahrhundert später wird ein anderer Spötter, ein Russe, Chamisso als einen bedeutenden Lyriker bezeichnen, einen Menschen mit sensiblem und hochentwickeltem Geschmack. Pissarjew ... Er ist nicht in der Liste, die ich dir gab, aber du findest diesen Artikel leicht.

Doch bis dahin ist es noch weit. Auf den damaligen Chamisso, den Chamisso aus der Zeit von Hameln, passen besser andere Worte. Sie stammen von Alfred de Musset. Über eine weiße Drossel. Der unglückliche Vogel sieht, daß er keine richtige Drossel ist, und er fleht: „O Himmel, sag mir, wer ich bin.“

Wie oft habe ich im Verborgenen Experimente mit mir angestellt! Ich setzte mich in den verschiedensten Posen der Sonne aus, aber mein Schatten blieb davon unbeeinflußt, war nicht schwächer als von jedem anderen Gegenstand.

Vielleicht hatte ich mir alles nur eingebildet? Oder es war so gewesen und vorübergegangen, ich war wieder genesen?

Ich raffte all meinen Mut zusammen und ging in der großen Pause in den Hof. Es war Mai, die Akazien blühten, aber die Sonne schien schon sommerlich heiß. Ich trug ein Hemd. Ein weißes ... –

Du wirst gewiß bemerkt haben, daß ich helle Kleidung bevorzuge. Mein Anzug ist hell, mein Mantel auch. Errätst du, warum? Wenn man helle Sachen trägt, fällt es nicht so auf, ob man einen Schatten hat oder nicht. Darum erhielt ich auch den Spitznamen „Glühwürmchen“ ...

Die Kinder spielten „Greifen“. Sie jagten herum, und ich stand am Zaun unter den Bäumen. Niemand gab auf mich acht. Ich tat einen Schritt, noch einen ..., aus dem Schatten der Baumkrone tauchte halbmondförmig mein Kopf hervor. So tritt der Mond hinter den Wolken heraus. Zuerst eine schmale Sichel, dann immer mehr, immer voller. Furchtsam ging ich weiter. Und nun war ich schon ganz in der Sonne. Ganz! Mit Kopf, Ohren, Händen. Sogar mein Haarschopf zeichnete sich ab. Ich war ja nicht immer kahl, Ljuba.

Auf einmal rannten zwei Kinder vorbei. Der eine Junge voran, der andere jagte ihm nach. Sie rannten an mir vorbei und gleich wieder zurück. Der erste hatte einen Haken geschlagen. Er versteckte sich hinter mir und lugte mal links, mal rechts hinter mir hervor. Dann griff er nach meinen Schultern und drehte sich mit mir. Damit er nicht berührt wurde. Wer angerührt wurde, für den war es aus, der galt als gefangen.

Und ich? Na, nichts. Ich schwieg, lächelte, und dabei schielte ich immerzu auf meinen Schatten. Und ich sah, wie er dahinschmolz. Direkt vor meinen Augen. Zuerst verschwand der Haarschopf, dann die Ohren. Die sind ja dünn, anders als der Kopf. Aber nun wurde auch schon der Kopf blasser. Mit aller Kraft riß ich mich los. Mein Hemd riß – ich fürchtete schon, es wäre völlig auseinandergefetzt und nur noch meine Hose liefe auf der Erde herum. Aber nein, das Hemd war noch da, es war nur ein Stück herausgerissen. Ein akkurater Dreiangel, genau im rechten Winkel …

Daheim griff ich gleich zur Nadel. Ich stopfte das Hemd schlecht und recht, und Mama merkte nichts. Sie sah mich nur flüchtig an, fragte, wie es in der Schule war, und wandte sich zum Spiegel. Sie würde abends ausgehen, begriff ich. Das freute mich. Im Unterschied zu anderen Kindern blieb ich gern allein.

Du wirst lachen, aber jetzt kann ich nicht schlechter als eine Frau nähen und stopfen. Ich kann einen Reißverschluß einsetzen, ein Paar Hosen habe ich mir auch genäht. Selbst. Helle Hosen. Im Laden gibt es nur Sommerhosen, ohne Futter, und ich trage doch auch im Winter helle. So nähte ich sie mir … Aber das ist jetzt, damals jedoch … Du kannst dir vorstellen, wie mein ungeschicktes Werk auffiel! Ich mußte eine Jacke überziehen.

Mama wunderte sich. „Was hast du denn?“

„Nichts“, sagte ich.

Sie sah mich an. Schöne Augen hat sie; nicht wie deine, anders, aber schöne.

„Ist dir kalt?“

„Ach wo. Einfach nur …“

„Laß dir nicht einfallen, krank zu werden“, drohte sie. „Das Schuljahr ist bald zu Ende.“

Drei Tage konnte ich die schadhafte Stelle am Hemd verbergen, dann merkte sie es doch.

„Bist du etwa an einem Zaun hängengeblieben?"

Sie hob nicht die Stimme dabei. Das tut sie überhaupt nie, meine Mutter. Und schöne Augen hat sie …

Ich sehe nicht ihr ähnlich, sondern dem Vater. Sehr sogar, und das brachte sie, glaube ich, auf. Sie wurde dadurch zu sehr an ihn erinnert, und das gefiel ihr nicht. Sie ärgerte sich auch, wenn jemand fragte, wie es ihm gehe, ob er schreibe, ob wir ihn bald besuchen dürften.

Andere waren es, die fragten. Ich nicht. Ich war elf, aber ich konnte schon herausfinden, worüber ein Mensch sprechen möchte und worüber nicht.

Mama konnte das nicht. Dauernd drängte sie mich zu erzählen, wie ich mir das Hemd zerrissen hätte.

Zum Fenster schien die Sonne herein. Ihre Strahlen erreichten mich nicht, aber ich spürte, wie mein Schatten allmählich verschwand. Ich spüre das immer. Sogar im Dunklen …

Und wenn Mama es plötzlich sähe? Ja doch! Ich wollte sogar, daß sie es sah. O ja, ich wollte es. Und ich Dummchen erzählte es ihr. Alles. Wie das angefangen hatte und wie ich mich auf dem Gerümpelplatz ausgezogen hatte … Sie ließ mich nicht aus den Augen. Zuerst malte sich Schreck in ihrem Blick, später ein anderer Ausdruck. Als ob sie … Als ob sie auf eine Schnecke getreten wäre und die Schnecke unter ihren Füßen knirschend zerborsten wäre.

Verzeih ... Aber du hast doch selbst gebeten, ich solle von mir erzählen.

„Schweig!“ rief Mama. Sie rief es ganz leise. So leise, daß sie nicht einmal die Lippen dabei öffnete. (Ihre Lippen sind ebenfalls sehr schön.) „Schweig augenblicklich! Und daß du niemals ..., hörst du, niemals ein Wort darüber verlauten läßt. Zu keinem! Hast du mich verstanden?“

Sie stand auf. Ging im Zimmer hin und her.

„Im Sommer fährst du ins Ferienlager. Nach Witta.“

Ich stand da und hielt das Hemd in der Hand, und sie ging auf und ab.

„Dort wirst du kräftiger werden“, sagte Mama. „Das Meer, Sonne ... Du mußt dich abhärten. Hockst immer nur hier zu Hause herum.“

Ich hob den Kopf. Sonne? Hatte sie gesagt – Sonne? Sonne und Meer? Das Meer, wo man ohne Kleider hineingeht, nur in Badehose?

„Nicht ans Meer“, stammelte ich. Vor mir sah ich den Strand, ringsum Leute, und wie ich alles auszog: Hose, Hemd ... „Mama, bitte nicht ans Meer!“

Das Hemd fiel mir aus der Hand.

„Idiot!“ zischten ihre schönen Lippen. „Mein Gott, was ist er für ein Idiot!“

Sie nahm ihren Rundgang wieder auf, stieg über das Hemd hinweg ... –

Denk bitte nicht, daß meine Mutter so ein boshaftes Weib ist. Sie war einfach erschöpft. Fix und fertig. Kein Wunder bei alldem, was über sie hereingebrochen war! Sie wollte einmal ihre Ruhe haben – auch vor mir.

Ich verstand das. Daß ich störte – das verstand ich. So etwas spürt man doch immer. Darum wollte ich auch nicht zu dir kommen. Du hattest ja selbst gesagt: „Neujahr ist ein Familienfest." Was sollte ich dabei?

Aber wer kann sich schon gegen dich durchsetzen! So versprach ich es. Und kam, wie ich versprochen hatte, Punkt elf Uhr.

Zehn Minuten vor ... Um ehrlich zu sein, ich war schon zehn vor elf an deinem Haus, aber geklingelt habe ich Schlag elf.

Du trugst ein Kleid mit kurzen Ärmeln. Gar nicht zu Neujahr passend. Aber auf deinem Haar glitzerte Flitter. Es schimmerte, selbst wenn ich dich gar nicht ansah.

Ich gab mir dauernd Mühe, dich nicht anzuschauen, aber das Haar schimmerte so. Die Türen – weit geöffnet, eine, noch eine; und dort, weit hinten, brannten die bunten Lämpchen an der Neujahrstanne.

Wie über eine Pfütze schritt ich über die Schwelle. In einer Hand eine Torte, in der anderen die Aktentasche, und ich zwischendrin.

Ich zwischendrin und wie zum Schutz links von mir die Torte, rechts die Aktentasche (oder umgekehrt), vor mir du mit deinem schimmernden Haar und hinter mir Nacht und kalter Wind.

„Nanu!“ Du lachtest. „Kommen Sie schnell herein!“

Ich weiß, die Tasche hatte dich belustigt. Wer geht schon mit Aktentasche zur Neujahrsfeier!

Aus dem Zimmer kam ein kleiner Junge in den Korridor gesprungen. Dein Sohn, wußte ich gleich. Petja ... Ich beugte mich nieder. Die Torte rutschte mir aus der Hand. Ich sah ihr nach, aber nun entglitt mir auch die Aktentasche und schwebte (in deiner Hand) direkt auf den Wandschrank zu. Ich hinterher.

„Nein, nein! Bitte! Einen Moment!“

Deine Augen funkelten.

„Haben Sie da Ihre guten Schuhe drin?“

Du scherztest, aber ich verstand es nicht. Ich dachte, ich brauchte wirklich gute Schuhe. Abendschuhe.

„Nein“, brummelte ich. „Ich hab da was anderes.“

„Hauspantoffeln?“

Ich schaute verwirrt zu Boden. Dort spiegelte sich eine Lampe, eine grelle Lampe, und verschwommen sah ich meine Figur.

„Ich ..., ich werde in Socken gehen.“

„Dann haben Sie Socken da drin?“

Petja beobachtete uns. Schwarzäugig, mit langem Haar (ein kleiner Chamisso!). Aber ich wollte doch die Flasche holen. Nicht Abendschuhe, nicht Hauspantoffeln, nicht Socken – eine Flasche hatte ich in der Tasche. Endlich hatte ich sie, ich war ganz rot geworden (wie gut, daß in der Neujahrsnacht die Sonne nicht scheint!), und ich hielt sie am silberpapierumwickelten Hals. Ich hielt sie, und du hattest die Augen zu mir aufgeschlagen und sahst mich an.

Ich machte mich mit deinem Vater bekannt. Mit deiner Stiefmutter. Mit Großvater Barbaris – einer Stoffpuppe in Filzstiefeln und mit Bart. Dein Vater, weißt du noch, zog sie sich über die Hand und zwitscherte:

„Frohes neues Jahr! Ich wünsche Glück!“ Und dann mit Baßstimme, also in seinem eigenen Namen: „Und ich auch.“

Ihr beide seht euch überhaupt nicht ähnlich. Er ist sehr groß, brummt wie eine Hummel, und er hält sich überhaupt nicht militärisch straff, obwohl er schon so lange bei der Armee ist – dreißig Jahre, nicht wahr? Er steckt voller Ideen ... Eine Lotterie hatte er vorbereitet, und alle mußten Lose ziehen.

Ich gewann Stricknadeln und ein Knäuel Wolle, du eine Gartenschere und deine Stiefmutter eine Kinderflöte. Sie wollte sie beiseite legen, aber Petja und sein Opa ließen das nicht zu. „Spielen mußt du, spielen!“ Sie flötete ein wenig, aber ihnen genügte es nicht. „Mehr!“ riefen sie. „Mehr!“ Der Alte und der Kleine. Und sie blies noch ein bißchen.

Du umsorgtest mich wie einen kleinen Jungen. Gossest mir Wein ein, legtest mir Speisen vor. Dann gingen wir hinaus, und weißt du noch? Es schneite! Noch vor wenigen Stunden, *im vorigen Jahr*, war kein Gedanke daran, aber jetzt war alles weiß überpudert. Ein Neujahrsgeschenk ...

Du hast eine Handvoll Schnee aufgenommen – mit der bloßen Hand, ohne Handschuh, und er glitzerte, jede Schneeflocke einzeln. Nacht, überall Menschen, fröhliche Menschen, und viele Straßenlaternen. Mehr als am Abend.

„Mehr?“ hast du erstaunt gefragt.

„Eigentlich nicht ... Aber es scheint nur so. Vielleicht brennen sonst abends nicht alle? Und jetzt sind alle an. Oder liegt es daran, daß keine Autos fahren?“

Du sahst mich aufmerksam an. Auf einmal glittest du aus, fuchteltest mit den Armen und packtest mich am Ellenbogen.

„Halt mich fest“, hast du gefordert.

Halt mich!

Auf der anderen Straßenseite Gelächter und Geschrei – dort war eine Schneeballschlacht im Gange.

„Was haben die Autos damit zu tun? Sie sagten: weil keine Autos fahren.“

„Nun ja ... Die Straßen sind leer ..., keine Scheinwerfer ...“

Du unterbrachst mich: „Und wie haben Sie im vorigen Jahr Neujahr gefeiert?“

Ich hob vorsichtig die Schultern. Vorsichtig, weil ich dich am Arm hielt. Und außerdem, weil es glatt war. Sehr glatt. Wenn eine ganz dünne Schneeschicht festgetreten wird, ist sie wie Eis.

„Und im vorvorigen Jahr?“

Was hätte ich dir antworten können? Mit den alten Frauen hatte ich gefeiert. Mit meinen Nachbarinnen. Mit Soja Alexejewna, der ehemaligen Geigerin, und Tamara Bogdanowna, der Straßenbahnfahrerin. Auch eine Ehemalige. –

Und du? Mit wem hattest du gefeiert? Vielleicht mit Konstantin Alexandrowitsch? Vielleicht kanntet ihr euch schon vor deinem Studium? Du bist ja schon drei Jahre in Swetopol … Aber Konstantin Alexandrowitsch hat Familie, und Neujahr ist ein Familienfest. Das hast du selbst gesagt …

Ich brachte dich nach Hause zurück und ging dann lange spazieren. Im Schnee … Dann stieg ich die Treppe hinauf, schloß die Tür auf, setzte mich, ohne abzulegen, auf einen Stuhl …

Nein, laß uns lieber über Chamisso reden. Im Frühjahr 1807 fuhr er nach Frankreich. Das heißt, er kehrte nach Hause zurück, aber er fühlte sich nicht zu Hause. Immerhin war er Offizier einer feindlichen Armee gewesen. „Herr Chamísso" nannte ihn sein Bruder. In deutscher Aussprache. Die Franzosen redeten ihn auf deutsch an, die Deutschen auf französisch.

Die Bäume hatten noch nicht ausgeschlagen. Es regnete, ein feiner Nieselregen. Adelbert hüllte sich fester in seinen Mantel. Er hustete – die Lungenkrankheit steckte schon in ihm. Er wunderte sich: Was für seltsame Kleidung die Pariser trugen! Pantalons, schwarze Stulpenstiefel, und der Redingote, in dem man noch vor kurzem nur zu Pferde geritten war, war ein alltägliches Kleidungsstück geworden. Surtout nannte man ihn. Surtout, das hieß „Überzieher".

Die Frauen trugen Schals. Aus Kaschmirwolle … Nicht alle – das war damals besonders schick und ein unerhörter Luxus. Jeder dieser Schals erinnerte Adelbert an Napoleon. Er war es doch, der diesen Stoff aus dem Orient eingeführt hatte.

Napoleon war damals auf der Höhe seines Ruhmes. Mit Goethe sprach er im Sitzen. Er frühstückte (ich bilde mir ein, er aß ein Ei), und der sechzigjährige Dichter stand aufrecht vor ihm. Und antwortete „so kurz gefaßt wie möglich". Goethe hat selbst darüber geschrieben, sieh einmal nach.

Eines Tages war Chamisso aus Paris verschwunden. War er nach Deutschland gefahren? Nein, dazu war es noch zu früh. Noch hielten sich im Norden die letzten deutschen Festungen: Sie erwarteten die Franzosen, um ihnen gastfreundlich das Tor zum Baltikum zu öffnen.

Der Kaiser lachte sich ins Fäustchen. Es gibt auf der Welt keine gefügigere Nation, sagte er. Sechs Dutzend Deutsche sind bereit, vor einem einzigen Menschen auf die Knie zu fallen, wenn er nur eine Uniform trägt. Solch ein Urteil über ein Volk, das der Welt einen Schiller geschenkt hatte!

Chamisso erblaßte, wenn er derartiges hörte. In solchen Momenten fühlte er sich als Deutscher. Als Deutscher im Exil. Aber er würde in die Heimat zurückkehren! Sobald Frieden geschlossen würde. Lange konnte es nun nicht mehr dauern. Vorerst führte ihn sein Weg nach Nordosten. In die Champagne ... Die Champagne, die auch seine Heimat gewesen war. Und die es nicht mehr gab. Nein, die Provinz Champagne existierte nicht mehr. Sie war liquidiert, in Departements zersplittert, und das war in demselben Jahr geschehen, da er als neunjähriges Kind Frankreich verließ. Dieses Zusammentreffen schien Adelbert symbolisch.

Doch nur auf dem Papier existierte sie nicht mehr, die Erde aber war noch heil und ganz geblieben, die Erde – da war sie ja. Da standen sie – die Lehmbauten längs der einzigen Straße. Alles wie früher ... Unterm Satteldach Wohnräume und Stallungen und auch der Weinkeller. Die gleichen Hüte auf den Köpfen, an den Beinen Gamaschen und Holzpantoffeln. Keinerlei Surtouts und Kaschmirschals. Ackerland, ein Bauer mit hellem Tuch um den Hals, hinterm Pflug flattert dicht über der Erde ein Schwarm Saatkrähen. Ebenes Feld, doch einst hat hier ein Schloß gestanden. Wie viele Generationen der Boncourts sind hier zur Welt gekommen und gestorben! Die steinernen Löwen ... Der Torbogen, unter dem in der Mittagshitze riesige Hunde mit hechelnden Zungen lagen ... Die dicken Mauern aus Feldsteinen ... Der eine, wenn man genau hinsah, ähnelte einem Widderkopf.

So stehst du, o Schloß meiner Väter,
Mir treu und fest in dem Sinn,
Und bist von der Erde verschwunden,
Der Pflug geht über dich hin.

Hast du bemerkt, wie viele verfallene Schlösser es in seinen Gedichten gibt? –

Silytsch ruft heute ohne Unterlaß. Ich habe ihn nie zu Gesicht bekommen, überhaupt nie Hauskäuzchen gesehen, nur auf Fotos. Ich habe da ein Buch, ich zeig's dir, wenn du möchtest.

Anfangs nannte ich ihn einfach Eule. Manchmal Eule, manchmal auch Uhu. Wie kommt der hier in die Stadt, dachte ich. Er gehört doch in den Wald, nicht zwischen steinerne Häuserblocks. Später las ich, daß sie auch in der Stadt leben, gemeinsam mit den Menschen, auf Dachböden ziehen sie ihre Jungen groß.

Dir wird sein Ruf nicht gefallen, das weiß ich. Du wirst die Stirn krausen, und ich werde grinsen, und du wirst sagen – wie damals, weißt du noch? –: „Warum lachen Sie immerzu? Ist denn Ihr Leben so lustig?“

Ganz normal ist mein Leben. Jetzt jedenfalls. Früher ging es mir schlechter. In Witta zum Beispiel. Im Pionierlager.

Drei Durchgänge habe ich dort absolviert. Zweiundsiebzig Tage. Und davon waren fünfzig oder sogar mehr Sonnentage. Witta ist berühmt für seine sonnigen Tage.

Was habe ich mir nicht alles ausgedacht, um nicht an den Strand gehen zu müssen. Kopfweh, Schnupfen …

Den Schnupfen habe ich nicht erfinden müssen, ich hatte ihn wirklich. Man braucht nur eine halbe Stunde im Waschraum auf dem kalten Fußboden zu stehen, und schon läuft einem die Nase.

Alle hatten schlechte Laune, wenn es frühmorgens trübe war. Für mich dagegen war das ein Festtag. Im Nu verging das Kopfweh, die Nase trocknete. Genau wie alle zog ich mich in aller Seelenruhe im Freien aus (nicht unterm Sonnenschutzdach!), genau wie alle rannte ich ins Wasser und kam langsam wieder heraus, wenn gepfiffen wurde. Genau wie alle ...

Den Eingang zum Strand bewachte eine dicke Frau im weißen Kittel. Sie hieß Sinaida Petrowna. Sie saß breitbeinig auf einem Hocker und löffelte Kwaßsuppe. Dabei erzählte sie. Von Delphinen. Von Sonnenfinsternissen. Von Vulkanen ...

Delphine – na schön, die schwammen in der Nähe (obwohl, ich selbst habe niemals einen gesehen); Sonnenfinsternisse – na schön, eine war gerade kürzlich gewesen. Aber Vulkane? Wie kam sie auf Vulkane? wirst du fragen. Ich weiß nicht. Aber wie sie davon erzählte! Auf ihrem Gesicht tanzte geradezu der Widerschein der Lava. Ja tatsächlich, der Lava ...

Ich fragte, ob sie wenigstens einmal einen Ausbruch gesehen habe.

„Gottbehüte!“ rief sie erschrocken. „Da versteinert man doch.“

„Wie geschieht das denn?“

„Na, so.“ Und sie erstarrte mit weit aufgerissenen Augen.

Ich war für sie ein unentbehrlicher Zuhörer. Eine Stunde, zwei Stunden lang saß ich bei ihr – die ganze Badezeit über. Das heißt, wenn die Sonne schien und ich keinen Schnupfen hatte.

Damals erfuhr ich auch, daß man unter gar keinen Umständen mit Gold ins Meer gehen dürfe. Mit Ringen, Ohrringen, Goldzähnen – ganz egal. Die Delphine würden das merken und einen auf den Grund hinabziehen!

Delphine ... Vulkane ... Sonnenfinsternisse ... Einmal faßte ich mir ein Herz und – nicht, daß ich ihr alles eingestanden hätte, nein, aber ich deutete es an. Ob sie nicht gehört habe, fragte ich, wie bei einem Menschen der Schatten verschwinde.

„Was für ein Schatten?"

„Ein ganz normaler. Der von der Sonne. Der Mensch geht, aber sein Schatten ist nicht da."

„Was für ein Mensch?" fragte sie, ohne im geringsten erstaunt zu sein.

„Ein Junge." Dabei schlug ich nicht einmal die Augen nieder.

„Ich habe eine Nachbarin, die trägt eine Perücke", erinnerte sich Sinaida Petrowna jetzt seltsamerweise. „Eine kulturvolle Frau, sie spielt Klavier."

Und nun ging es los! Sie sprach über ihre Nachbarin, ich über den Jungen.

„Er leidet schrecklich darunter", sagte ich, „daß das bei ihm mit dem Schatten so ist."

„Was gibt es da zu leiden! Kein Bein haben ist schlimmer! Oder keinen Arm! Sogar ohne Arm kann man leben. Ich kenne eine, die hat sogar eine Tochter zur Welt gebracht ... Iß nur, iß!"

Sie schob mir Gebäck zu. Sternchen und Halbmonde, selbst gebacken.

Sie kurierte auch meinen Schnupfen. Ich holte

ihn mir auf dem Zementfußboden im Waschraum, und sie kurierte ihn. Ächzend erhob sie sich, ging zum Strand und holte sonnenerhitzte runde Steinchen. Die legte sie mir von links und rechts an die Nase, und ich saß da mit zurückgebogenem Kopf. Siehst du? Die Sonne war mein Erzfeind, aber sie heilte mich auch.

Einmal wurde ich ernstlich krank. Mit Fieber. Mit Husten ... Sie steckten mich ins Isolierzimmer und wollten Mama aus Swetopol kommen lassen, aber ich sperrte mich. Ich wußte, sie würde nicht allein kommen, sondern mit ihrem Freund. Er hieß Valentin Jurjewitsch. Er hat sie einmal im eigenen Auto hergebracht, ein eigenes Auto war übrigens eine noch größere Seltenheit als etwa eine elektrische Türklingel oder ein Kugelschreiber.

Zu dritt saßen wir im Schatten, ich knabberte von den mitgebrachten Süßigkeiten, und Mama redete mir zu, ich müsse mich abhärten. Auch Valentin Jurjewitsch sei dieser Meinung. Als Arzt.

Valentin Jurjewitsch schnalzte zur Bekräftigung.

Jedenfalls wollte ich nicht, daß Mama mich besuchte, aber als ich das Schnaufen und die schweren Schritte von Sinaida Petrowna hörte, war ich richtig froh.

Deine Schritte habe ich auch gehört – durchs ganze Haus klapperten die Absätze. Es klingelte – einmal, zweimal, dreimal. Für mich ... Ich sprang auf und stürzte zur Tür.

„Tag!“ sagtest du.

Ich murmelte etwas, nickte, lächelte. Ich trug eine blaue Hose. Eine Trainingshose.

„Darf ich reinkommen?“

Ich sprang zur Seite. Grippe, das hatte man dir schon in der Bibliothek gesagt, deshalb fragtest du gar nicht erst.

„Sie legen sich wieder hin“, sagtest du. (Du warst wieder zum „Sie“ übergegangen.) „Und ich setze mich etwas.“

Die Stehlampe brannte. Nicht das Oberlicht, sondern die Stehlampe, und du, weißt du noch, erzähltest von deiner Mutter. Wie sie gestorben ist.

„Mein Vater war auf Dienstreise ... Darf ich rauchen?“

Du ließest den Rauch zum Oberfensterchen hinaus, und die Asche streiftest du in eine kleine Tüte aus Zeitungspapier.

„Sie war schon lange krank. Und sie wußte, daß sie jeden Moment ... Aber sie sprach nicht darüber. Sie zeigte mir nur, wo alles liegt. Die verschiedenen Papiere, die Wäsche ... Ich habe mich nicht gewundert. Ich hatte keine Ahnung, daß man mit Kindern über solche Dinge nicht redet! Das begriff ich erst später ... Vater verlor ganz und gar den Kopf, er konnte kein Hemd finden, aber ich wußte über alles Bescheid. Auch wo die Hemden waren. Und wo ich Grütze und Mehl finden konnte, in welcher Waschanstalt die Wäsche war, daß die Quittung im Nachttisch lag, auf der rechten Seite. Und daß Lichtgeld und Wohnungsmiete bis zum Zehnten bezahlt werden mußten. Ich wunderte mich selbst, woher mir auf einmal alles bekannt war. Mama hatte mich gut vorbereitet ... Aber so behutsam, daß ich gar nichts gemerkt hatte. Doch als sie starb ... Als sie dann starb, war es schrecklich, so allein in der Wohnung ..."

Ich schwieg.

„Nicht allein", korrigiertest du dich. „Mit ihr ... Der Rettungswagen war wieder fortgefahren, und sie wurde erst am Morgen abgeholt. Ich habe bei Nachbarn geschlafen ..."

Du hattest aufgeraucht, aber du standest noch lange dort. Am Fenster ...

„Niemals", sagtest du, „werde ich mir das verzeihen."

Du stelltest dich auf die Zehenspitzen, klapptest das Oberfenster zu, kamst langsam zur Liege zurück. Aber du setztest dich nicht. Du bliebst stehen und sahst mich an. Wahrscheinlich hätte ich etwas sagen müssen, aber ich wußte nicht, was.

„So ist das!" seufztest du. Und fügtest leise hinzu: „Juri Iwanowitsch."

Dann erzähltest du von deiner Stiefmutter. Davon, wie du sie gehaßt hast (zu Anfang).

„Sie denken wahrscheinlich, ein Oberst verdient Tausende? Solche Fragen habe ich ihr hingeknallt. Ich dreizehnjährige Rotznase ..."

Und ich? Was für ein Verhältnis hatte ich zu Mamas Freund Valentin Jurjewitsch? Gar keins. In den Briefen an Vater jedenfalls erwähnte ich ihn mit keinem Wort.

Es fiel mir schwer, Briefe zu schreiben. Worüber sollte ich schreiben?

„Was heißt – worüber?“ wunderte sich Mama. „Und die Schule? Und die Zensuren?“

Ich teilte meine Zensuren mit. Aber damit füllte ich gerade fünf Zeilen. Und weiter? Ich sah zum Fenster hinaus. Dort tummelten sich in der Sonne die Sperlinge, sie tschilpten und hüpften, alle sahen ganz gleich aus. Ich dachte: Vielleicht ist es nur ein Sperling, und alle anderen sind seine Spiegelbilder in der flirrenden Luft? Wenn ich in die Hände klatsche, dann schlüpfen sie ineinander wie in ihr Häuschen, verschmelzen in einem, und dieser eine bleibt starr sitzen, aufgeplustert vor Wichtigkeit, mit vollem Kropf.

Aber ich konnte doch nicht von den Sperlingen schreiben. Das war irgendwie albern. Nicht albern war, daß ich jetzt das und das Buch las. Darin geht es um folgendes ... Und ich erzählte den Inhalt. Gleich wurden meine Briefe länger. Fünf, sechs, acht Seiten ..., die schrieb ich in einem Zuge. Wenn man etwas nacherzählt, dann ist es so, als hätte man es nicht gelesen, sondern selbst erlebt. Oder wenigstens mit eigenen Augen gesehen.

Im Oktober bekamen wir Besuchserlaubnis. Vater hatte die Möglichkeit eines Besuchs seit langem immer wieder erwähnt, aber nicht gewußt, ob es klappen würde. „Hoffen wir es“, schrieb er, und ich hoffte, ich hoffte sehr, aber Mama, glaube ich, nicht. Das heißt, sie hoffte, aber auf das Gegenteil. Daß es nicht klappen würde.

Sie geriet durcheinander, als die Besuchserlaubnis kam. Ich wußte nicht, daß das die Erlaubnis ist, sie sagte es nicht, sie las überhaupt kein Wort laut vor. Sonst las sie immer vor – abschnittsweise – und sagte dann zu mir: „Schreib dem Vater." Plötzlich aber schwieg sie. Sie versteckte den Brief im Schrank, den Schrank schloß sie auch noch ab. Sie wollte es vergessen, aber das rosa Papier schimmerte geradezu durch das Holz hindurch. Mama wurde ärgerlich. Sie machte sich bald hier, bald da zu schaffen. Den ganzen Abend ging das so. Und am nächsten Morgen sagte sie: „Wir fahren zu Papa. Wir beide ... Und zu niemandem ein Wort, hörst du, zu niemandem!"

Zu niemandem – das hieß, zu Valentin Jurjewitsch kein Wort. Das verstand ich. Und ich schwieg, er aber witterte dennoch etwas. Er redete und redete, und dabei ließ er immerzu die Augen im Zimmer umherschweifen. Er suchte das Schreiben. Er meinte etwas schimmern zu sehen, aber was, das wußte er nicht.

Ich saß an meinem Tisch, mucksmäuschenstill, aber Mama erinnerte sich trotzdem an mich.

„Geh spielen", sagte sie.

Ich setzte mich im Vorgarten auf die Bank, die noch Onkel Gera gezimmert hatte, Papas Chauffeur.

Auf dem Spielplatz spielten sie Standball. Weißt du, wie das geht? Einer wirft mit aller Kraft den Ball in die Höhe, und während er hochfliegt, dann einen Moment schwarz am blauen Himmel klebt und wieder zurückfällt, rennen alle auseinander. Nur der bleibt stehen, dessen Name gerufen wurde. Er fängt den Ball, und wenn er ihn hat, muß er damit jemanden treffen.

Zu mir an den Zaun kam Alik Batkin gelaufen.

„Hallo, Trikotage!"

Aber er schaute schon wieder zum Ball. Den hatte der Himmel bereits losgelassen, er trudelte zur Erde zurück.

Die Tür flog auf. Valentin Jurjewitsch im offenen Mantel ... Beinahe hätte er Alik Batkin umgerannt. Der Mantel plusterte sich, fast wäre er hinter ihm zurückgeblieben. Wir fahren, begriff ich. Wir fahren!

Der Birnengarten, Schmetterlinge, ich laufe hinunter zum Meer, und sie gehen hinter mir. Meine Eltern. Mama trägt ein blaues Kleid, sie lacht, und Vater winkt mit der Hand. Hier, heißt das, hier sind wir.

„Halte deine Zunge im Zaum", hatte Mama mich gewarnt. Zum erstenmal hatte sie mich zu Hause gewarnt, als sie die Lebensmittel einpackte (es waren viele Lebensmittel; sie war nervös, vielleicht weil nicht alles hineinpaßte, sie packte immer wieder um), dann warnte sie mich auf dem Bahnhof, dann im Zug ... Fortwährend sah sie mich eindringlich an, ob ich sie wohl richtig verstehe.

Ich verstand sehr gut, alles verstand ich, sie aber zweifelte daran und regte sich auf, und als wir schon angekommen waren und sie unsere

Ausweise durchs Fensterchen reichte, flüsterte sie mir noch zu:

„Daß du nur nichts ausplauderst. Wer zu uns kommt und so weiter …" Und ihre Pupillen waren wie zwei kleine Fotoapparate.

Etwa zehn Leute warteten hier. Vor allem Frauen. Alle mit großen Taschen und alle erschöpft und müde. Als wären sie lange über Meere und Gebirge gezogen und könnten hier endlich Rast machen. Weiter nichts als eine kurze Rast …

„Familie Gustow", sagte jemand durchs Fenster.

Mutter nahm mich an der Hand, und wir stürzten zur Tür, doch die Tür war verschlossen, eine Klinke war nicht daran, das Fenster aber war schon zugeschlagen worden. Alle sahen uns schweigend an.

Dann rasselte das Schloß. Ein Uniformierter studierte lange Mamas Ausweis. Er verglich das Foto mit ihr. Dann nahm er die Geburtsurkunde. Dort gab es kein Foto, aber er verglich trotzdem. Er sah mich an, dann die Urkunde, dann wieder mich, dann wieder die Urkunde.

„Zimmer sieben", sagte er, und wir passierten.

Ein langer Gang … Auf der einen Seite eine blinde Wand, auf der anderen weitgeöffnete violette Türen. Da war auch unsere. Zwei eiserne Bettgestelle, ein Tisch, ein Nachtschränkchen. Das Fenster unten mit weißer Farbe zugeschmiert.

Der Einlaß dauerte noch lange, und dann ging ein Uniformierter durch die Zimmer – derselbe,

der die Ausweise geprüft hatte –, er kontrollierte, wer was mitgebracht hatte. Aus unerfindlichen Gründen nahm er die Zahnpasta weg.

Eine einzige Küche gab es für alle. In der Mitte ein großer Herd, der Hitze ausströmte, und ringsumher Frauen mit entblößten Armen. Töpfe klapperten, der Ausguß vibrierte schon, aber niemand kam auf den Gedanken, den Wasserhahn zuzudrehen – keine Zeit! Ich lief hinaus. Komm schnell, dort können wir kochen! Aber Mama saß, wo sie saß. Ganz ruhig. Und schön. Sehr schön. Die Wände grellweiß und viele Fliegen. Eine Glühbirne an einer langen Schnur ...

Ein Schloß schnappte. Alle gingen in den Gang hinaus, ich auch. Langsam öffnete sich eine eisenbeschlagene Tür. Sie öffnete sich, und dahinter – keine Menschenseele. Leere.

„Sie werden gebracht!“ raunte die Menge.

Im Gänsemarsch kamen *sie*. Kahlgeschoren. Hager, abgemagert. Die Frauen stürzten hin, jede zu ihrem Mann, und dann so schnell wie möglich in die Zimmer. Nur weg.

Vater kam als vorletzter. Ich erkannte ihn sofort, er mich aber nicht. Er ging vorbei – klein, mit bläulichen Wangen.

„Wanja!“

Als einzige von allen war Mama nicht in den Gang herausgekommen.

Vater blieb stehen. Blieb stehen und wandte ganz langsam den Kopf. Als erwartete er einen Schlag. Der hinter ihm überholte ihn, hatte bereits seine Angehörigen begrüßt und war seitwärts weggetaucht, doch Vater stand immer noch da, allein in dem langen Gang, klein (ich wunderte mich abermals, wie klein er war), mit halbumgewandtem Kopf.

Ich habe noch niemandem von meinem Vater erzählt. Genau wie du von deiner Mutter nicht. Darüber, wie sie gestorben ist.

„Aber sie zählen nicht", fügtest du leise hinzu. Und lächeltest selbst über deine unverständlichen Worte.

Auf meinem Nachttisch, weißt du noch, standen zwei Thermosflaschen. Eine blaue, eine zitronengelbe.

„Tee auf Vorrat?"

Ich schüttelte verneinend den Kopf. „Suppe."

„Suppe?" Du zogst die Brauen hoch.

„Ja, auch Borstsch ..."

Nun verstandest du überhaupt nichts mehr. Ich erklärte, daß ich zwei Nachbarinnen, zwei alte Frauen, hätte, die beide dafür sorgten, daß ich nicht hungern muß.

Die eine Nachbarin heißt Soja Alexejewna. Sie ist Geigerin. Eine ehemalige ... Im Orchester hat sie gespielt, aber als sie in Rente ging, verkaufte sie ihre Geige und sprach fast kein Wort mehr über Musik. Sie strickt, näht und kocht. Sie liest auch Kriegsmemoiren, andere Literatur jedoch rührt sie nicht an, und sie geht weder ins Theater noch ins Konzert.

Theater und Konzerte besucht Tamara Bogdanowna. Das ist meine andere Nachbarin, sie hat ihr ganzes Leben lang als Straßenbahnfahrerin gearbeitet. Früher fuhren ja in Swetopol Straßenbahnen. Als die abgeschafft wurden, fuhr sie als Schaffnerin im Trolleybus. Da stimmte bei ihr ewig das Geld nicht, die Hälfte vom Lohn wurde ihr meist abgezogen.

Du hast sie gesehen. Das war die, die damals hereinkam, mit dem Salzstreuer in der Hand.

„Ich hab vergessen zu salzen ..., die Suppe."

Du sahst sie neugierig an. Was war denn das für eine Oma im fleckigen Kittel?

Sie war auch früher schon zerstreut. In ihrer Jugend. Eine Menge Sachen hat sie verloren in ihrem Leben. Und Straßenbahnfahrerin ist sie geworden, weil sie da auf festgelegten Bahnen fahren mußte. Die Schienen erlaubten keine Abstecher – etwa in die benachbarte Stadt. So spottet Soja Alexejewna über sie. In aller Freundschaft.

Chamisso war ebenfalls zerstreut, du weißt es.

Sechs Dutzend Deutsche sind bereit, vor einem Franzosen in Uniform auf die Knie zu fallen? Von wegen! Auch vor Hunderten fielen sie nicht auf die Knie. Und auch vor Tausenden nicht. In den Wäldern kämpfte Major Schill mit seinen Freiwilligenverbänden, in den Städten wirkte die Untergrundbewegung. Der Verein „Tugendbund". Eine Geheimgesellschaft ... Mehr als siebenhundert Menschen, und alle von Adel. Chamisso (er war sofort nach dem Friedensschluß nach Deutschland zurückgekehrt) wäre ihr mit Freuden beigetreten, aber man schloß ihn sogar von gewöhnlichen Gesellschaften aus, von geheimen gar nicht zu reden. Stendhal teilte seiner Schwester stolz mit, daß er in Berlin zu einem Empfang geladen war, zu dem kein weiterer Franzose Zutritt hatte. Und er fügte hinzu: „Ein glänzender Erfolg!"

Just um diese Zeit kam ein Brief aus Pontivy, einer kleinen Stadt im Nordwesten Frankreichs. Jetzt heißt sie freilich nicht mehr Pontivy, jetzt heißt sie Napoléonville. Dort gab es ein Gymnasium und am Gymnasium eine freie Lehrerstelle. Diese Stelle bot man Adelbert an.

Er brauchte nur zwei Tage, um seine Koffer zu packen. Am dritten Tag brach er auf, und fünf Tage später mußte er erfahren, daß die versprochene Stelle nicht mehr zu haben war.

Wohin jetzt? Wieder streifte er durch Paris wie drei Jahre zuvor, wieder war Frühling, die schlimmste Jahreszeit für Lungenkranke. Seine Brust schmerzte, er hustete, und wenn er das Tuch an die Lippen preßte, war daran Blut. Ringsum hörte er französische Laute, doch er fühlte sich als Deutscher. „Niemals habe ich mich mehr als Deutscher gefühlt, von Kopf bis Fuß als Deutscher, als in Paris." So wird er später an Fouqué schreiben.

Jedoch hörte er hier nicht nur französische Laute. Deutsche auch. Und zwar ein gutes Deutsch. Alexander von Humboldt ... Schlegel ... Derselbe junge Mann mit Stehkragen, dessen funkensprühende Vorlesungen er seinerzeit in Berlin zusammen mit Fouqué gehört hatte. August Schlegel, der künftige Professor der Bonner Universität. Der ehemalige Hauslehrer.

Er hatte ja die Kinder der Madame de Staël erzogen, dieser wunderbaren Frau, die ebenso gütig wie genial war.

So hat Puschkin über sie geschrieben. Aber Napoleon war anderer Meinung von ihr. Er kämpfte gegen sie wie gegen eine „Feindesmacht“ (auch dies ein Puschkinsches Wort). Er würdigte sie der Verfolgung. Würdigte sie! Sie aber würdigte Chamisso ihrer Freundschaft. Sie lebte in einer Art halber Verbannung, unweit von Paris, doch auf die Frage, ob sie sich dort nicht langweile, antwortete sie:

„Die Seele, wenn sie einsam ist, führt ein aufregenderes Leben als am Hofe von Caesaren.“

Der junge Dichter blickte voll Verehrung zu ihr auf. Wie sie redete! Über den Enthusiasmus, den viele so leicht mit Fanatismus verwechseln. Über Novalis. Überhaupt über die deutsche Dichtung. Mit ihr, meinte sie, beginne die christliche Ära in der Kunst. Genauso dachte auch Adelbert, aber er konnte seine Gedanken nicht recht ausdrücken, diese Frau hingegen war der Worte mächtig.

Während Napoleon Deutschland unterjochte, schrieb sie ein Buch über dieses Land. Ein Buch, das sie auch so nannte: „De l’Allemagne“. Und das Napoleon ihr nicht verzieh. Nicht nur aus Paris – aus Frankreich verbannte er sie.

Von verfallenen Schlössern ist bei ihm viel die Rede, noch mehr von Vertriebenen. „Der ausgewanderte Pole“, „Memento“ – über Karl X. Auch über Woinarowski, den Neffen von Mazeppa.

Denselben Woinarowski, über den Rylejew ein Poem schrieb, das Chamisso ins Deutsche übertrug. Und über Bestushew ...

Ihn wird der Zorn des Himmels doch zertrümmern.

Gott heißt Vergeltung in der Weltgeschichte ...

Vergeltung.

Weißt du, wonach ich meinen Vater fragen wollte? Ob er schuldig sei. Die Frauen (noch bevor wir eingelassen wurden) beteuerten, ihre Männer seien unschuldig eingesperrt – jede sagte das von ihrem. Nur Mama schwieg. Sie hat Vater überhaupt niemals verteidigt, ich aber hoffte, ich hoffte die ganze Zeit, hier läge ein Irrtum vor.

Ein Traum: Wir sind in einem Garten, Vater und ich, aber nicht in dem Birnengarten am Meer, sondern bei Onkel Gera, dem Chauffeur. Wir pflücken helle Süßkirschen. Große feste Früchte, und die Sonne scheint. Die Sonne scheint, aber ich verstecke mich nicht. Ich nicht, Vater auch nicht. Wir lachen und sehen einander an.

Diesen Traum träumte ich sogar dort, als wir ihn besuchten. Nur daß Vater im Traum ein ganz anderer war als in Wirklichkeit. In Wirklichkeit fürchtete ich mich, mit ihm allein zu bleiben. Mutter brauchte nur zur Tür hinauszugehen, schon lief ich ihr nach. Nur einmal blieb ich.

Wir sitzen und schweigen.

„Na?“ fragt er und lächelt gequält. „Wie geht es euch so?“ Auf einer Seite fehlt ihm ein Zahn – ein schwarzes Loch gähnt da.

„Ganz gut“, sage ich, aber insgeheim sehe ich Valentin Jurjewitsch vor mir. Ein Bein übers andere geschlagen, schnalzt er mit den Lippen. „In Algebra hab ich eine Drei“, fällt mir ein.

„In was?“

„In Algebra … und in Zeichnen auch.“

Aber ich schäme mich kein bißchen wegen dieser Dreien. Im Gegenteil! Es könnten meinetwegen sogar Vieren sein.

„Ihr habt schon Algebra?“

„Natürlich! Algebra und Botanik auch. Auch Französisch …“

Und immerzu denke ich: Halte die Zunge im Zaum …, halte die Zunge im Zaum …

Er lächelt wieder. Und wieder ist da dieses schreckliche Loch anstelle des Zahnes.

„Was gibt es im Hof Neues?“ fragt er.

„Nichts … Tante Dina ist gestorben.“

„Was für eine Tante Dina?“

„Die im Eckhaus gewohnt hat. Bei Alik Batkin.“

Vater sieht mich an, aber er denkt an etwas anderes. Ich ahne, woran er denkt. Was er fragen will. Und Mama ist immer noch nicht wieder da …

Ich stehe auf.

„Warte doch“, bittet er. „Jurotschka …“

Seine Lippen zittern. Seine Wange zittert. Die eine …, die linke.

„Ich bin gleich zurück", stammele ich und laufe hinaus – fort, nur fort von hier.

Wir blieben nicht wieder allein. Keine einzige Minute. Sowie Mama in die Küche ging, lief ich hinterher. Die Küche war dort so eine Art Klub. Gespräche, Tee. Den brühten sie in einem großen eisernen Topf auf. Sehr starken Tee. Ein Topf für alle, der nach dem Trinken weitergereicht wurde. Reihum.

Niemand von diesen Leuten hielt sich für schuldig. Es sei denn schuldig wegen Vertrauensseligkeit, wegen Anständigkeit (man wollte jemanden nicht verraten), wegen Aufmüpfigkeit (man hatte sich mit der Leitung angelegt).

Demnach war es bei Vater auch so? Ach, wie begierig ich ihnen zuhörte! Wie ich hoffte! Damals war es auch, als ich diesen Traum hatte. Von dem Garten. Von den Kirschen. Von uns, wie wir Kirschen pflücken und uns vor nichts fürchten. Nicht vor Menschen, nicht vor der Sonne …

Niemand, glaube ich, schlief in dieser Nacht, auch wir nicht. Um sechs Uhr morgens waren wir schon wieder auf den Beinen. In der Küche wurde wieder gebraten und gekocht, aber jetzt gab es kein Gelächter mehr, keine lauten Gespräche.

Mama brachte Borstsch. In einem Topf, den sie mit einem Tuch anfaßte. Sie schnitt Brot auf – Weißbrot. Brot, Butter, Borstsch – alles wie zu Hause. Da faßte ich mir ein Herz.

„Die alle hier … Sind sie wirklich unschuldig?"

Vater drehte eine Zigarette zwischen den Fingern, noch unangezündet. Mutter betrachtete ihre Fingernägel, die grellrot glänzten.

„Hier gibt es keine Unschuldigen."

Das sagte mein Vater selbst. Es gibt keine Unschuldigen ... Wir saßen da und schwiegen, und mir traten die Tränen in die Augen – ich weiß nicht, warum. Ich muß wohl mit der Nase geschnieft haben, weil sie sich plötzlich mir zuwandten. Sie fragten nichts, trösteten mich auch nicht – sie sahen mich einfach an. Ich griff nach meinem Teller. Mit beiden Händen. Sie aber rührten die ihren nicht an. Weder sie noch er. Als hätte man ihn hier überfüttert.

Du weißt ja, daß Chamisso ebenfalls in Haft war. Freiwillig, aber immerhin ...

Sobald Madame de Staël den Genfer See wieder verließ, kehrte er nach Deutschland zurück. Endgültig ... Und zwar nicht, um Sonette zu schreiben, sondern um sich mit etwas Handfestem zu befassen. Mit Naturwissenschaften ...

Die Berliner Universität. Ich kann mir vorstellen, wie die kessen deutschen Jünglinge ihren Kommilitonen beäugten, diesen schlaksigen Onkel, der mit Akzent sprach, hustete und an der falschen Stelle lächelte. Ich kann mir das sehr gut vorstellen, denn auch ich wurde ja oft beäugt. In der Bibliotheksfachschule ... Wir waren dort nur zwei Jungen. Ich und noch einer, der ging am Stock.

(Warum Fachschule und nicht Hochschule? Weil man da schon nach zweieinhalb Jahren mit der Ausbildung fertig ist. Zweieinhalb Jahre, und man steht auf eigenen Füßen.)

Du wirst in deiner Dissertation gewiß über Chamissos Beziehung zur russischen Kultur schreiben. Über seine Übersetzung des Rylejew-Poems. Über seine deutsche Nacherzählung der altrussischen Geschichte vom Richter Schemjaka. Über den „Bestushew" ... Es heißt, dieses Interesse sei bei ihm aufgekommen, als er an Bord der russischen Brigg „Rjurik" die Welt umsegelte, aber das stimmt nicht. Es begann schon früher, in seinem ersten Studienjahr.

Borodino, der Brand von Moskau – alles dies lag schon zurück. Von Mund zu Mund ging der Name eines kleinen russischen Flüßchens, das nicht einmal auf der Karte verzeichnet ist, ich habe nachgesehen. Die Tschernischnja ... Hier versetzten die Unsrigen erstmals der großen Armee einen heftigen Schock. Zuerst die Tschernischnja, dann, zwei Wochen später, Wjasma, wo Davout, der Herzog von Auerstedt, mit Müh und Not davonkam, noch zwei Wochen später – die Niederlage bei Krassnoje, und wieder zwei Wochen später – die Beresina. Alle Blicke (ich zitiere wieder Stendhal) waren auf Rußland gerichtet.

Ich habe ein Dokument gelesen – es kursierte damals gerade in Deutschland. Von Hand zu Hand ging es. Heimlich. Die Bekenntnisdenkschrift von Clausewitz.

„Ich glaube und bekenne", steht in dieser Erklärung, „daß ein Volk nichts höher zu achten hat als die Würde und Freiheit seines Daseins; daß es diese mit dem letzten Blutstropfen verteidigen soll ..."

Immer weniger Studenten besuchten die Vorlesungen. Wem steht schon der Sinn nach dem akademischen Leben, wenn ringsum derartiges vor sich geht! Und dann stand eines Tages Adelbert allein vor der verschlossenen Universitätstür. Es schneite nasse Flocken, er duckte sich und blies auf seine frostklammen Hände. Wohin nun?

Im Februar 1813 unterzeichnen Kanzler Hardenberg und Kutusow in Kalisch einen Bündnisvertrag, und vier Tage später rückt die russische Reiterei in Berlin ein. Die Straßen sind voller Menschen. Das Volk triumphiert.

Der lange, hagere Student mit seinem kränklichen Aussehen hat seinen Hut vom Kopf gezogen und lächelt. Auf seiner Stirn glitzern Tröpfchen tauenden Schnees. Auch auf seinen Wimpern glitzert es. Ja, auch auf den Wimpern ...

Jemand klopft ihm auf die Schulter. Langsam wendet sich Adelbert um. Fouqué! Friedrich Fouqué, der Freund seiner Jugend, der Gefährte aus der Zeit der poetischen Teerunden, und jetzt – „der ritterliche Dichter des ‚Sigurd', des ‚Zauberringes', der ‚Undine', der ‚Corona' ...".

Du weißt natürlich, woher diese Worte stammen. Der zweite Teil der „Kreisleriana" beginnt so.

E. T. A. Hoffmann war begeistert von der „Undine". „Welch herrliches Sujet für eine Oper!"

rief er aus. Tagtäglich um sieben Uhr abends eilte er, mit der „Undine“ in der Tasche, ins Gasthaus „Rose“ unweit des Bamberger Theaters. Sein Pfeifchen schmauchend, träumte er von der dem Wasser entstiegenen Jungfrau. Setzte sich dann ans Klavier und trug ohne eine einzige Korrektur seine musikalischen Visionen ins Notenheft ein.

Selbst Goethe wird zu gegebener Zeit dieses Märchen zauberhaft nennen. Wird allerdings hinzufügen, Fouqué habe aus dem hervorragenden Material nicht alles herausgeholt.

Adelbert teilte diese Meinung nicht. Adelbert fand die „Undine“ vollkommen. Jedoch in noch größere Begeisterung versetzten ihn Friedrichs neue Verse. Darin bekam Napoleon ordentlich was ab! Mit Schimpf und Schande war der Kaiser aus Rußland geflohen, aber er legte nicht die Hände in den Schoß, er sammelte erneut ein Heer. Zweihunderttausend Mann hatte er unter Waffen. Zweihunderttausend ergebene, tapfere, aufs beste gedrillte Soldaten.

Am 28. April starb Kutusow, und vier Tage später siegte Napoleon in der Schlacht bei Lützen. Er selbst mitten im Kampfgetümmel, wie in guten alten Zeiten – in den Zeiten von Toulon und des Italienischen Feldzuges.

Bald darauf noch ein Sieg – bei Bautzen, danach wurde es still. Die Verbündeten rüsteten zum Gegenangriff. Überall herrschte Erregung, Hochstimmung, fremde Leute sprachen sich gegenseitig an, als würden sie sich seit hundert Jahren kennen, und nur der lange, hagere Student, dessen Haar schon zu ergrauen begann, durchstreifte in seiner alten Kurtka ruhelos die Berliner Straßen, hüstelnd. Schiefe Seitenblicke trafen ihn. Immerhin ein Franzose ...

Der rettende Vorschlag kam von Fouqué. Ob er nicht vorübergehend auf dem Landgut der gemeinsamen Freunde Itzenplitz leben wolle? Adelbert sei doch Naturforscher, und die Familie Itzenplitz besitze herrliche Parks.

Chamisso stimmte zu. Im Grunde war das eine freiwillige Haft, aber er stimmte zu. Was blieb ihm auch anderes übrig? Freilich hätte er mit Vergnügen die Uniform angezogen, doch das Schicksal wollte es nicht. So schrieb er: „Die Zeit hat kein Schwert für mich!" Was sollte er tun? Untätig den Ereignissen zusehen, und das in jenen Tagen, da das Volk voller Enthusiasmus zu den Waffen griff?

Das, Ljuba, sind seine eigenen Worte, du wirst sie lesen. In der Liste, die ich dir gab, findest du dieses Buch.

Zu den Waffen griff das Volk nach Napoleons Sieg in der Schlacht von Dresden. Das ganze Volk. Das ganze ... Sogar Fouqué legte die Feder beiseite und schloß sich den Freiwilligen Jägern an.

Adelbert kam, sich von ihm zu verabschieden. Der lebenslustige kleine Friedrich, Sproß einer Familie aus der Normandie, der längst schon ein tadelloser Deutscher geworden war, plauderte ohne Unterlaß. Er hatte Napoleon bereits in Versen gebrandmarkt, nun würde er mit anderen Waffen gegen ihn zu Felde rücken.

Die Freunde umarmten einander. Eine luxuriöse Equipage trug Fouqué davon, während Adelbert zu Fuß in sein Parkasyl zurückkehrte, um Pflanzen fürs Herbarium zu sammeln und an Schlechtwettertagen das Buch zu schreiben, das ihn unsterblich machen sollte.

Das wollte ich gar nicht sagen. Es sollte ihn unsterblich machen, ja, aber ich wollte etwas anderes sagen. Das Buch, welches mich anderthalb Jahrhunderte später retten sollte – das wollte ich sagen. Ich war ja verzweifelt ... Schlimmer noch, ich hatte ja nicht einmal ein Recht auf Verzweiflung, weil ... Wie soll ich es dir erklären? Nimm den Füller, mit dem ich jetzt schreibe. Ein ganz gewöhnlicher Füller zu zwei Rubel dreißig. Nun stell dir vor, dieser Füller sei ein lebendiges Wesen. Und es (dieses Wesen) wolle nicht schreiben, sondern es wolle, sagen wir, Tee trinken. Wie ein Mensch ... Aber es ist ja kein Mensch. Und niemand wird je glauben, daß der Füller Tee möchte. Und er würde auch nicht darum bitten, selbst wenn er sprechen könnte. Denn er ist ja kein Mensch. Er ist ein Federhalter, dem nicht Tee, sondern Tinte zusteht.

Solche Erwägungen stelle ich natürlich jetzt an. Damit du es verstehst. Damals überlegte ich nur immer, wo und wann ich schon einmal von einem Menschen ohne Schatten gehört hatte. Ich hatte ja davon gehört, das bezweifle ich jetzt kaum noch. Ich weiß sogar, wie ich mir ausmalte: Wenn nun auch mit mir so etwas passiert? Am Ende verliere auch ich meinen Schatten?

Oder war das alles schon später? Nachdem es bereits geschehen war? Und ich hatte gar nichts davon gehört, noch nie. Ich war allein mit meiner Besonderheit – allein auf der ganzen weiten Welt.

Ich wühlte in Büchern. In medizinischen Büchern. Bei Valentin Jurjewitsch. Er und Mama hatten geheiratet – ungefähr fünf Monate später, nachdem wir von Vater zurückgekommen waren.

Ob es mir in Witta gefallen habe, fragte sie einmal. Es gehe, sagte ich. Und ob ich gern dort wohnen würde?

Wohnen? Ich blickte erstaunt auf. Mutter schaute aufs Bügeleisen. Hin und her, hin und her – immer auf demselben Fleck.

Wohnen … Also nicht nur im Sommer, nicht im Pionierlager – für immer. Das ganze Leben. Sie wollte mich fürs ganze Leben dort hinschikken!

Ich erschrak. Ich erschrak sehr, Ljuba, ganz gewaltig erschrak ich. Ich erschrak sogar noch mehr als damals auf dem Müllplatz.

„Jurik!" Das Bügeleisen hielt an. „Jurik, woran denkst du?"

Mit beiden Händen griff sie nach mir, nach meinen Schultern. (Das Bügeleisen blieb stehen.)

„Jurik, Söhnchen! Was hast du?"

Das hätte sie lieber nicht sagen sollen. „Söhnchen" hätte sie nicht sagen sollen. Sie hätte nicht so erschrecken sollen – um meinetwillen. Ich begriff doch gleich, daß sie wegen mir erschrocken war. Ich begriff, daß ich ..., daß ich ... Kurzum, ich heulte los, und sie umarmte mich und streichelte mich und küßte mich. Bis es verbrannt roch.

„Was hast du gedacht, mein Kleiner? Daß ich dich allein dort hinschicken will, ja?"

Sie hatte es erraten ... Siehst du, sie hatte es erraten, und ich tat mir selbst noch mehr leid, und meine Tränen flossen stärker, und ich nickte aus Leibeskräften, aber die Lippen brachte ich nicht auseinander, um nicht aus Versehen das Wichtigste auszuplaudern.

„Du mein Dummchen! Als ob Mama dich im Stich ließe! Wir werden zu dritt dort wohnen. Ich, du und Valentin Jurjewitsch. Valentin Jurjewitsch gefällt dir doch?"

Doch auch jetzt antwortete ich nichts. Woher sollte ich wissen, ob Valentin Jurjewitsch mir gefiel! Als ob einem Füller jemand gefallen könnte. Wo er doch allein ist, dieser Füller. Überall sind Menschen, und mitten unter ihnen – der einsame Federhalter. Nur daß das niemand sieht. Alle denken, er sei auch ein Mensch.

Mama malte aus, wie schön wir dort leben würden. Dort ist das Meer, ich werde baden und mich sonnen und Boot fahren. Mit ihr ..., mit Valentin Jurjewitsch ... Dazwischen verstummte sie immer wieder. Sie sagte etwas und verstummte. Sagte etwas und verstummte. Als wartete sie, daß ich etwas fragte, aber ich fragte nicht. Und da sagte sie selbst:

„Vater weiß es." In ganz anderem Ton. So wie an jenem Abend, als es lange klingelte und die drei kamen und mit ihnen die Trofimowna und die Gussicha. „Ich habe ihm geschrieben. Er hat sein Einverständnis gegeben."

Sofort fiel mir die letzte Minute wieder ein. Dort, als wir ihn besuchten. Wie er mit eiligen kleinen Schritten davonging, die Jacke umschlotterte ihn, Hosen wie bei einem Clown, und vom geschorenen Kopf standen die Ohren ab. Aber ich hatte ja auch auf Mitleid kein Recht.

Zwei Monate später zogen wir nach Witta um. Eine schöne Wohnung, gleich am Meer. Drei Räume, und in einem richtete Valentin Jurjewitsch sein Behandlungszimmer ein. Und am Haus brachte er eine Tafel an: Zahnarzt Soundso, Sprechstunden dann und dann. Jeden Tag Patienten – außer sonntags. Sonntags ruhte Valentin Jurjewitsch aus. Machte zusammen mit seiner Gattin Besuche. Ging ins Konzert. Oder fuhr mit dem Auto weg. Doch sein Sprechzimmer stand nicht leer. Sein Stiefsohn schlüpfte hinein und studierte Bücher. Sie standen in einem verglasten Schrank, viele.

Ich weiß nicht, warum sie dort standen – er selbst schlug kaum je eins auf! Wahrscheinlich für die Besucher. Damit sie sahen, was für ein belesener Arzt sie behandelte.

Was suchte ich in diesen dicken Bänden mit den Zeichnungen und verschiedenen Tabellen? Welche Krankheit? Meine eigene natürlich.

Doch eine solche Krankheit existierte entweder überhaupt nicht, oder sie zählte nicht zu den „grundlegenden", denn auf der ersten Seite hieß es: „Gründlich beleuchtet werden alle grundlegenden …" und so weiter.

Ich begann mit den ausgefallensten. Rheumatische Meningomyelitis, Darminfantilismus … Doch nichts traf zu. Es war alles schrecklich, aber nichts davon traf zu. Um ehrlich zu sein, so schrecklich war es wiederum auch nicht. Denn es gab immerhin Beschreibungen der Krankheiten. Man kannte sie. Aber über meine Krankheit – nicht der geringste Hinweis! Also gab es sie nicht. Es durfte sie nicht geben. Und doch, ich brauchte nur die Hand nach einem Buch auszustrecken, sofort sah ich, wie mein gebeugter Schatten blaß wurde und sich verflüchtigte.

Nachmittags drang die Sonne durch alle Fenster. Das galt als Vorzug der Wohnung. Als ihr Plus. Für mich aber war es ein Minus. Ich steckte die Nase nicht aus meinem Zimmer. Dafür ließ ich mich innerhalb des Zimmers richtig gehen.

„Na los!" sagte ich zu mir selbst und schaute auf meinen Schatten. „Na!"

Nichts … Aber später rächte er sich. Er suchte sich dafür genau den passenden Moment. Auf dem Spielplatz zum Beispiel. Oder in der Turnhalle, wenn ich am Seil hochkletterte. Aber ich war auf der Hut. Ich kletterte und schaute dabei immerzu nach unten, und sobald durch meinen Schatten das Seil durchzuschimmern begann, war ich flugs wieder unten. –

Du weißt, wie viele kranke Kinder es in Witta gibt. Mit Krücken, in Rollstühlen …

Ein solcher Junge wohnte bei uns im Hof. Nicht ständig. Im Frühjahr wurde er gebracht, im Herbst wieder abgeholt. Irgendwohin in den Ural. Er stammte vom Ural. Betreut wurde er von einer knochigen Frau, ganz gelb war die, vielleicht irgendeine Verwandte, vielleicht auch eine Kinderfrau. Sie kochte für ihn, fuhr ihn im Rollstuhl spazieren oder ging neben ihm, wenn er auf seinen Krücken humpelte.

Er versuchte es auch ohne Krücken. Stand auf, mit verzerrtem Gesicht, und schaute dabei auf seinen Schatten. Das kam natürlich nur mir so vor, daß er auf den Schatten schaute, er selbst bemerkte ihn wahrscheinlich gar nicht, so wie ich nicht bemerkte, daß meine Beine gehen und laufen konnten. Aber immer noch lieber Krücken und Rollstuhl, dachte ich, als so wie bei mir. Denn so etwas gab es sonst bei keinem. Krücken und Rollstuhl aber hatten so viele.

Er tat einen Schritt, noch einen – und dann zurück zum Rollstuhl, auf dem ein Buch lag. Die ganze Zeit las er etwas, und ich hätte ihn sehr gern näher kennengelernt, aber wie? Ich traute mich nicht hin, bis mir einmal ein unglücklicher Zufall zu Hilfe kam. Er verlor plötzlich das Gleichgewicht und … Nein, er fiel nicht hin, er rutschte irgendwie in sich zusammen, als hätte man ihm alle Knochen herausgenommen. Alle auf einmal …

Flugs sprang ich aus dem Gebüsch hervor. Er packte meine Hand, krallte sich schmerzhaft fest und begann sich hochzuziehen, doch plötzlich hielt er inne. Eine fremde Hand, spürte er. Nicht die der Frau, die ihn betreute. Eine fremde ... Erschrocken warf er den Kopf zurück. Der Nachbarjunge stand vor ihm. Sauber und gesund. Mit Armen und Beinen. Genauso alt wie er.

Seine Finger lockerten sich.

„Nicht doch“, sagte er heiser.

Du hättest sehen sollen, wie er mich ansah! Und da ... Und da sprang ich mit einem Ruck zur Seite, direkt in die Sonne. So! Ich biß die Zähne zusammen und wartete, er aber bemerkte nichts. Er sah einfach nicht auf die Erde – in die Augen sah er mir, nur in die Augen, und so voller Zorn. Er begriff nicht, warum ich plötzlich zur Seite gesprungen war und stramm stand wie ein kleiner Soldat.

Ich hatte mich umsonst bemüht. Er konnte nichts bemerken, denn mein Schatten war an seinem Platz. Erst als die Pflegerin herbeieilte, ihn aufhob und fortführte, begann der Schatten allmählich dahinzuschmelzen.

Nach den medizinischen Büchern nahm ich mir historische vor. Wenn es doch wenigstens eine flüchtige Erwähnung gäbe! Irgendeinen Hinweis ... Nichts! Weder in den medizinischen noch in historischen Büchern, noch in allen übrigen, soviel ich auch verschlang. Und plötzlich:

Sehe sich der Herr doch vor, Sie haben Ihren Schatten verloren. –

Siehst du, genauso erschütterte dich vermutlich der Satz aus „Nôtre-Dame de Paris". Du hast es mir selbst erzählt, weißt du noch?

Alle Studenten waren fort, in der Bibliothek keine Menschenseele, und wir saßen in einer Teerunde beisammen. Keine poetische. Eine gewöhnliche ... Mit Aprikosenkonfitüre. Die hatte Nina Pawlowna mitgebracht. Unsere Leiterin. Tags zuvor hatte es zwischen ihr und Lenotschka einen Disput gegeben. Abermals keinen poetischen. Nicht über Bücher. Das scheint vielleicht von außen so, daß wir dort immerzu über Bücher reden. Über Bücher und Zeitschriften und alle möglichen literarischen Neuerscheinungen. Nichts dergleichen. Ich sortiere die Periodika oder stelle Berichte zusammen, und die Frauen sprechen über ihre eigenen Probleme.

„Aprikosenkonfitüre?" hatte Lenotschka gesagt und die Nase gerümpft. „Die wird auf jeden Fall sauer."

„Je nachdem, wie man sie kocht", widersprach Nina Pawlowna.

„Ganz egal, wie du sie kochst, in einem Monat fängt sie an zu gären. Dann mußt du sie noch mal kochen."

Sie ist bei uns die einzige mit Hochschulabschluß. Das Institut für Bibliothekswesen hat sie absolviert.

Die Leiterin schwieg. Und am nächsten Tag holte sie aus ihrer Hausfrauentasche ein Glas hervor. Mit Konfitüre. Aprikosenkonfitüre. Nicht gegoren. Wir saßen um den runden Tisch,

schleckten und lobten, Lenotschka auch. Und da erklangen deine Schritte. Flink und laut – ich erkenne sie sofort.

„Kann ich Juri Iwanowitsch einen Moment sprechen?"

Leise setzte ich meine Tasse ab. Ging hinaus ...

„Grüß dich, Jurotschka!" Parfümduft, weibliche Wärme, Tabakrauch. „Gehst du noch nicht nach Hause?"

„Wenn's sein muß ..."

„Es muß sein!" flüstertest du. „Ich warte auf dich."

Ich kehrte zum Tisch zurück, setzte mich hin, nahm meine Tasse, als wäre nichts gewesen, aber mein Herz – bum, bum, bum. Jetzt stand nicht die Aprikosenkonfitüre im Zentrum der Aufmerksamkeit, sondern ich.

„Juri Iwanowitsch hat Chancen", sagte Lenotschka.

„Warum auch nicht?" meinte Nina Pawlowna. „Juri Iwanowitsch ist doch unser Goldstück ..."

Und sie sah mich freundlich an.

Die anderen sahen mich ebenfalls wohlwollend an. Wenn ich auch ein Goldstück war, Überraschungen waren von mir nicht zu erwarten. So sprachen sie wieder über Konfitüre, und ich schlüpfte unbemerkt zur Tür hinaus.

Ich erfuhr damals nicht genau, was bei dir vorgefallen war.

„Ich werde eine rauchen. Du hast es doch nicht eilig?"

Lächelnd zuckte ich die Schultern. Warum sollte ich es eilig haben? Um zu meinen alten Weiblein zu kommen?

Wir setzten uns. Eine öffentliche Grünanlage, wir saßen mit dem Gesicht zur Sonne, so daß ich nichts zu befürchten brauchte. Du würdest dich ja nicht umdrehen und im Jasmingebüsch suchen, ob mein Schatten an seinem Platz war.

„Herrje!" sagtest du. „Wie friedlich es mit dir ist!"

Dabei sahst du mich nicht einmal an. Du hingst deinen eigenen Gedanken nach, und ich dachte an nichts weiter. So geht es mir oft. Ich lese Bücher, viele Bücher, aber daß ich mir viele Gedanken mache, das kann man nicht sagen. Tamara Bogdanowna – na, die, die das Salz gebracht hat – grübelt viel, sie kommt zu mir und teilt sich mir mit, und ich schweige dazu. Ich lächle, nicke und schweige. Nur wenn sie fragt, was sie noch lesen könnte, dann berate ich sie. Sie hört auf mich. Also bin ich für sie eine Autorität. Nicht so eine wie Soja Alexejewna (die ehemalige Geigerin), aber immerhin eine Autorität.

So saßen wir also. Ich dachte an nichts, du grübeltest, dann wolltest du plötzlich etwas sagen, du sahst mich an, hieltest aber inne. Du senktest die Augen, sahst auf deine Zigarette, die qualmte vor sich hin, aber du bemerktest es gar nicht.

„Wie vielen Menschen ich in meinem Leben schon weh getan habe!" sagtest du.

Du tatest mir auf einmal schrecklich leid.

Auch deine Stimme war so brüchig. Du tatest mir leid, aber ich wußte nicht, was ich sagen sollte. Ich lächelte dümmlich.

„Du hast doch Maria Fjodorowna gesehen. Die Frau meines Vaters ... Sie ist wunderbar, stimmt's? Und ich habe sie beleidigt. Für nichts und wieder nichts ... Und meinen Vater habe ich auch gekränkt. Und meinen Mann. Ich hatte ja mal einen. Ein hübscher Kerl." Du lachtest kurz auf. „Anderthalb Jahre haben wir zusammen gelebt."

Du wolltest an der Zigarette ziehen, aber sie war schon ausgegangen. Du holtest Streichhölzer heraus und zündetest sie neu an.

„Dabei bin ich doch nicht bösartig", sagtest du. „Ich weiß genau, daß ich es nicht bin. Alle tun mir leid. Auch die, die ich kränke. Danach ... Und am meisten die, denen ich nicht helfen kann. Weißt du, was in der Kindheit mein Lieblingsbuch war? ‚Nôtre-Dame de Paris' ... Wie habe ich die Esmeralda gehaßt! Ich habe mir geschworen, daß ich niemals so werde. Und dabei ... Dort gibt es ein paar schreckliche Worte. Quasimodo spricht sie aus. ‚Mein ganzes Unglück besteht darin, daß ich zu sehr einem Menschen ähnele.'"

Das ist er. Der Satz, der dich so erschüttert hat.

Du sagtest das und sahst mich an. Sehr aufmerksam. So wie du mich noch nie angesehen hattest. Mein Schatten im Jasmingebüsch begann gleich hinzuschmelzen, aber ich machte mir nichts daraus. Ich lächelte.

Du stecktest dir eine neue Zigarette an. Und vergaßest mich wieder. Dachtest du an Victor Hugo? Aber warum beschäftigtest du dich jetzt nicht mit ihm, warum mit Chamisso? Konstantin Alexandrowitsch sagte bei unserer letzten Begegnung (in der Turnhalle; er turnte an den Geräten, und ich saß da, von Papieren umgeben), daß er ihn dir empfohlen hatte. Aber du mußt ihn doch schon früher gelesen haben. Wo? Wann? Etwa in demselben Band, der auch mir in die Hände fiel?

Ein dickes, zerfledertes Buch, gelbschwarzer Umschlag. Ein Sammelband. Sieben oder acht Autoren, ich überflog sie mit einem Blick, überflog auch die Titel – ein bekannter darunter: „Klein Zaches" – und nahm das Buch. Und als ich es zu Hause aufschlug (aufs Geratewohl!), sprang es mir in die Augen: *Sehe sich der Herr doch vor, Sie haben Ihren Schatten verloren.*

Ja, es sprang mir geradezu in die Augen, daran erinnere ich mich genau. Riesige Buchstaben … Anfangs hatte ich nicht bemerkt, daß sie so riesig waren, gewöhnliche Schrift, doch plötzlich begannen sie zu wachsen und füllten rasch die ganze Seite. Die ganze! Keine einzige Zeile sonst. Nichts darunter, nichts darüber, nichts daneben. Nur dieser Satz. Sie haben Ihren Schatten verloren … Sie haben Ihren Schatten verloren …

Ich erschrak. Bis heute weiß ich nicht, wovor ich plötzlich so erschrak. Vielleicht, weil jemand kommen und es sehen könnte? Mit beiden Händen, sehr behutsam (verstohlen geradezu), schloß ich das Buch.

Hatte ich das wirklich gelesen? Jawohl, mit eigenen Augen. Gerade eben. Hier ... Und wenn es nun eine Sinnestäuschung gewesen war? Noch dazu diese gigantischen Buchstaben ... Wo kamen die her? Gab es denn solche Buchstaben in einem Buch?

Die dünnen Buchseiten klebten aneinander, beim Durchblättern riß ich daran. Eine Sekunde genügte mir, um eine Seite von oben bis unten zu überfliegen. Die Schrift war überall gleich, nirgendwo Riesenbuchstaben, und das Wort „Schatten" kam überhaupt nicht vor. Nirgends ... Das hätte ich doch gleich bemerkt.

Da stürzte ich mich aufs Inhaltsverzeichnis. Auch hier nichts. Noch einmal ließ ich die Seiten über meinen Daumen fächern. Worauf hoffte ich? Daß das Wort „Schatten" herausspränge wie ein getrocknetes Blatt?

Es sprang nicht heraus. Und noch einmal fächerte ich die Seiten durch und noch einmal ... Dann schlug ich das Buch irgendwo auf und las: *Sie erschrak sichtbarlich, da sie meine Schattenlosigkeit bemerkte, verhüllte ihr schönes Antlitz in ihren Schleier, ließ den Kopf sinken und ging lautlos vorüber.* Und weiter, auf der übernächsten Seite: *Wer keinen Schatten hat, gehe nicht in die Sonne.*

Jetzt war ich umsichtiger. Ich klappte das Buch nicht zu, sondern blätterte akkurat zurück. Ich suchte den Anfang. Diese Geschichte mußte doch einen Anfang haben!

Er schlug ein, kniete dann ungesäumt vor mir nieder,

und mit einer bewundernswürdigen Geschicklichkeit sah ich ihn meinen Schatten, vom Kopf bis zu meinen Füßen, leise von dem Grase lösen, aufheben, zusammenrollen und falten und zuletzt einstecken.

Er? Wer war er?

Ein stiller, dünner, hagrer, länglichter, ältlicher Mann …

Ich blätterte noch eine Seite zurück. Da standen Verse, die ließ ich aus, blätterte weiter, und da war sie, die Überschrift: „Peter Schlemihls wundersame Geschichte". Und obendrüber stand: Adelbert von Chamisso. So sind wir einander begegnet …

Die Geschichte war fünfzig Seiten lang. Ich verschlang sie in einem Zuge.

Das neue Hotel war gegen Norden gelegen, ich hatte die Sonne nicht zu fürchten … Ich vermied sehr sorgfältig, in die Sonne zu treten. Das ging aber nicht überall an, zum Beispiel nicht über die Breite Straße.

Sonne … Fenster … Die breiten Straßen, die ich haßte. Konnte man sich denn so etwas ausdenken? *Ein jeder Pudel hat ja seinen Schatten*, sagt Schlemihl neiderfüllt. Auch ich hatte so etwas gedacht. Erinnerst du dich an den Kater auf dem Müllplatz? Er hatte einen Schatten, ich dagegen nicht. Ich dachte jedoch, daß es nur mir so ginge, und nun hatte sich ein Unglücksgefährte für mich gefunden. Das war der glücklichste Tag meines Lebens. Davon konnte der arme Schlemihl nur träumen. Ihm träumte eine sonnenüberstrahlte Waldlichtung, und auf ihr – seine Freunde, und alle, alle hatten keinen Schatten.

Alle ohne Ausnahme. *Ich weiß, daß ich gerne solchen Traum träumte und mich vor dem Erwachen in acht nahm.*

Wie gern hätte ich dem guten Peter zugerufen: Fürchten Sie sich nicht! Sie sind nicht allein!

Inzwischen weiß ich, daß ich das nicht Peter Schlemihl, sondern Chamisso hätte zurufen müssen. Adelbert von Chamisso, von dem ich damals gar nicht Notiz nahm. Dabei war er es, der mich rettete. Er reichte mir die Hand aus seiner freiwilligen Haft vom Spätsommer 1813. Aufs Geratewohl streckte er die Hand aus, ohne zu wissen, daß anderthalb Jahrhunderte später ein vierzehnjähriger Junge aus einer fernen russischen Stadt am Schwarzen Meer danach greifen würde.

Die Verbannung war übrigens doch nicht ganz so freiwillig. Wo hätte er sonst hingekonnt? Nirgendshin. Die vereinigten Heere rüsteten zur entscheidenden Schlacht. Zu der, die später „Völkerschlacht" genannt werden sollte. Sechs Wochen blieben noch bis dahin. „Ganz Europa", schreiben die Lehrbücher über diese Zeit, „war von patriotischem Aufschwung ergriffen." Man haßte Napoleon, und zugleich haßte man auch alles Französische. Alle wandten sich von Adelbert ab, er brauchte nur irgendwo aufzutauchen, schon fing es an: „Die Gallischen? Welch niedrige, welch lasterhafte Nation!"

Auf Chamissos Gesicht flammte Röte auf. In solchen Augenblicken fühlte er sich als Franzose. Die eigene Herkunft verleugnen? O nein!

In reinstem Französisch sprach er zwei, drei höfliche Sätze. In der Sprache von Rousseau und Chrêtien, von Molière und Montesquieu …

Doch das kam selten vor. Meistens streifte er allein mit seiner Botanisiertrommel durch die umliegenden Wälder. Er mied sonnige Lichtungen, und das nicht nur deshalb, weil an schattigen Plätzen die Flora interessanter und reicher ist, nicht nur deshalb …

Womit alles begonnen hatte? Mit einem Vorfall unterwegs, er wußte es noch genau. Drei junge Burschen kamen ihm entgegen. Trotz der frühen Stunde – es war noch nicht fünf Uhr, die Sonne stand sommerlich hoch – hatten alle drei schon irgendwo einen zur Brust genommen. Beim Anblick des hageren Franzosen brachen sie in lautes Lachen aus. Lachten sie über seinen botanischen Eifer? Über seine sonderbare Kleidung? Oder über noch etwas anderes?

Zwei Schritt vor ihm zog einer scherzhaft den Hut.

„Mein Herr“, erkundigte er sich, „wo haben Sie denn Ihren Schatten gelassen?“

Chamisso war verwirrt. Er hätte dem frechen Kerl eine passende Antwort geben müssen, ihn abkanzeln, aber wie zum Trotz hatte er plötzlich alle deutschen Worte vergessen. Außerdem sah er, daß er in der Tat keinen Schatten hatte. Unglaublich, aber so war es. Sie hatten einen, alle drei, und bei ihm fehlte er. Erst später wurde ihm klar, daß alles seine Ordnung hatte, er ging nämlich Richtung Westen, mit dem Gesicht zur Sonne. –

Wo hat der Herr seinen Schatten gelassen? Du erinnerst dich natürlich an diesen Satz, er steht im „Schlemihl". Ich glaube, damit hat alles angefangen ...

Andere denken nicht so. Sie nehmen an, daß es auf einer Reise begonnen hat. Als der zerstreute Chamisso es fertigbrachte, Hut, Mantelsack, Handschuhe und Schnupftuch auf einmal zu verlieren. „Und dein Schatten?" Fouqué kicherte. „Hast du vielleicht auch noch deinen Schatten verloren?"

Adelbert verzog das Gesicht. Ob er den Schatten verloren habe? Welch sonderbare Frage.

Du meinst, ich phantasiere? Wo sind denn Dokumente – Memoiren, Briefe, was auch immer –, die bestätigen, daß Chamisso selbst so etwas passiert ist? Daß nicht sein Held Peter Schlemihl des Schattens verlustig ging, sondern er selbst.

Es gibt ein solches Dokument, es gibt es, Ljuba. Und du kennst es sehr gut. Alle kennen es. „Peter Schlemihls wundersame Geschichte" nennt es sich.

Daß Chamisso seinem Helden viel von sich selbst mitgegeben hat, ist allgemein bekannt. Den Diener Bendel, die schwarze Kurtka, die Botanisiertrommel ... Aber es gibt ja auch Verse, wo er sich selbst direkt Schlemihl nennt. Diese Verse hat er auf die Rückseite des Porträts der achtzehnjährigen Antonie Piaste geschrieben, seiner Braut, als er Fouqué dieses Porträt schickte. Und Schlemihls Traum? Jener schöne, erfreuliche Traum, wo er auf der sonnigen Wiese seine Freunde sieht, und alle, durch die Bank, ohne Schatten? Unter ihnen war doch auch Chamisso …

Aber was ist mit den Versen des Adelbert von Chamisso, wendest du ein, wo er sich „An meinen alten Freund Peter Schlemihl" wendet? Darin verkündet er direkt und deutlich:

Den Schatten hab ich, der mir angeboren,
Ich habe meinen Schatten nie verloren.

Vermutlich stimmt das. Aber wann wurde denn dieses Gedicht geschrieben? Genau zwanzig Jahre nach der ersten Veröffentlichung des „Schlemihl". Geschrieben von einem berühmten deutschen Dichter. Einem Klassiker schon zu Lebzeiten. Einem glücklichen Gatten und Vater. Einem anerkannten Gelehrten, schon fast Akademiemitglied. (Genau ein Jahr später wird diese Würde ihm zuerkannt.)

Ich denke, zu dieser Zeit verließ der Schatten ihn längst nicht mehr. Mir geht es ja genauso. Wenn ich ganz ruhig bin, ist auch der Schatten an seinem Platz.

Und Schlemihl? Ihm fehlte er immer, sogar in Mondnächten. Aber was will das schon besagen! Sein Hut oder beispielsweise seine schwarze Kurtka warf ebenfalls keinen Schatten. Das mutet nun schon wie ein Märchen an! Das hat sich Chamisso ausgedacht. Warum? Nun, um sich selbst nicht preiszugeben. Man sollte glauben, alles sei erfunden. –

Wem konnte ich von meiner Entdeckung berichten? Niemandem. Ohnehin hielt man mich vermutlich für einen seltsamen Jungen, obwohl man mich nicht schlecht behandelte. Von Vater wußten sie in der Schule nichts. Ich wußte auch selbst nichts über ihn. Nicht einmal, wohin er nach der Entlassung gegangen war. Höchstwahrscheinlich zu seinen Verwandten ins Altaigebirge.

Niemand interessierte sich besonders für meine Person. Weder die Jungen noch die Mädchen ... Außer einer. Sie hieß Taja, und ihr Familienname ..., ihr Familienname ...

Die Menschen hegen gegen Eulen einen Aberglauben. Man glaubt, sie brächten Unglück. Als der karthagische Heerführer Hannibal die Römer geschlagen hatte, schoben diese alles auf die Eulen. Die hätten, hieß es, die ganze Nacht gerufen und das Unglück heraufbeschworen.

Das ist ungerecht. Eine Eule bringt großen Nutzen. Denn wovon ernährt sie sich? Von Mäusen.

Du fragst, wie sie die Mäuse in der stockdunklen Finsternis sehen kann. Sie sieht sie gar nicht. Sie hört sie und stürzt sich auf das Geräusch. Im Wald hat man blinde Eulen gefunden (sie waren, wie sich zeigte, an grauem Star erkrankt), die überhaupt nicht ausgehungert waren.

Schön und gut, im Wald. Oder, sagen wir, in dem Schloß, wo Chamisso geboren wurde. Aber in der Stadt? Wie soll die Eule in der Stadt ihre Nahrung suchen? Autos, Transistorradios – wie soll sie da das Rascheln der Mäuse hören können.

Deshalb vielleicht (dachte ich) schreit er so, mein Silytsch. Vor Hunger. „Kiwitt, kiwitt ..." Weißt du, was ich gelesen habe? Daß die Kirgisen den Hauskauz „Baigusch" nennen. Das heißt Bettler ...

Dich interessiert das alles nicht sehr, ich weiß, und andere auch nicht. Was ist das schon – eine Eule! Aber es gab ein Mädchen, welches ...

Ich muß doch von ihr erzählen. Sonst wäre alles unehrlich.

In der Klasse spotteten sie, ihr Familienname passe zu ihrer Größe – er sei genauso lang. Sie hieß Kriworutschenko. Taja Kriworutschenko.

Doch das war nur zu Anfang so – später ließen sie den Spott. Sie behelligten sie nicht mehr, respektierten sie. Taja war Klassenbeste, aber nicht ein bißchen eingebildet. Sie ließ alle abschreiben, und bei Kontrollarbeiten löste sie nicht nur die Aufgaben für ihre Reihe, sondern auch für die benachbarte.

Es gab auch Kontrollarbeiten, wo jeder Schüler seine eigene Aufgabe bekam. Dann schrieben alle schnell ihre Aufgaben ab und steckten sie ihr zu, und sie löste eine nach der anderen, als ob sie Nüsse knackte. Nur daß es ganz schön viele Nüsse waren und sie zu ihrer eigenen Aufgabe erst ganz kurz vor dem Klingelzeichen kam. Einmal schaffte sie es nicht mehr. Die Zeit reichte nicht aus ...

Die erstaunte Lehrerin gab ihr nicht einfach

eine Vier. Sie ließ sie aufstehen und fragte sie aus, warum sie ihre Aufgabe nicht gelöst habe.

Taja schwieg. Ganz zusammengesunken stand sie da und schlug die Augen nieder.

„Komm an die Tafel."

Sie zögerte, dann ging sie doch. Schlimmer als eine Vier war für sie, vor allen dazustehen und dreißig Augenpaare auf sich gerichtet zu wissen.

„Schreib", sagte die Lehrerin, und sie schrieb. „Gegeben ist folgendes ..."

Sie schrieb und machte sich gleich an die Lösung. Hätte sie wenigstens eine Sekunde nachgedacht! Aber nein, sie fing gleich an.

„Also, was ist denn nun los?"

Sie schwieg. Was hätte sie auch sagen sollen? Wie hätte sie erklären sollen, was sie während der ganzen Stunde getan hatte?

„Vielleicht drehst du dich herum, wenn ein Lehrer mit dir redet?"

Sie wandte sich um. Über und über rot und – ohne einen Ton. So ging sie zu ihrem Platz zurück. Über und über rot und die Haut ganz, ganz zart. Ich konnte das gut sehen: Wir saßen beide auf den hinteren Bänken. Sie in der einen Reihe, ich in der anderen.

Einmal hob sie den Kopf, und unsere Blicke begegneten sich. Ganz langsam, ich hätte hundertmal wegsehen können, ins Buch, aber ich tat es nicht. Augen hatte sie ...

Ich habe noch nicht von Silytsch zu Ende erzählt. Wie ich ihn suchte. Etwa um Mitternacht verließ ich das Haus und ging seinen Rufen nach. Ich hörte ihn mal von vorn, mal von hinten, dann wieder irgendwo von der Seite. Vielleicht war es ein Echo, vielleicht flog er auch von einem Fleck zum anderen. Der Flügelschlag nämlich ist lautlos!

Jedenfalls habe ich ihn kein einziges Mal gesehen. Dafür habe ich viel gelesen, über verschiedene Eulenarten. Er ist ein kleiner Hauskauz, wiegt nur zweihundert Gramm, aber wenn er sich an einer Beute festgekrallt hat, läßt er sie nicht wieder los.

Nein, ich weiche nicht aus. Ich werde alles erzählen.

Außer in der Schule sahen wir uns noch in der Bibliothek. Zufällig? Ja und nein. Ich konnte ja leicht herauskriegen, wann sie kam ...

Beide beobachteten wir, was der andere las. Sie liebte Gedichte. Ich weiß noch, wie ich mich darüber wunderte, wenn sie während des Gesprächs Verse rezitierte. Sie war verlegen dabei ... Einmal am Strand sagte sie den ganzen ersten Teil der „Russischen Frauen" auf – das von der Fürstin Trubezkaja –, ohne ein einziges Mal zu stocken:

„Den Stolz ihm stärken, das Gefühl
Des Rechts! Das gibt ihm Kraft!"

Nun, und so weiter.

Ringsum keine Menschenseele. Die Liegestühle hoch übereinandergestapelt und mit Draht umwunden, aber einige ragten heraus.

Auf denen saßen wir. Ihre Stimme klang dumpf, und sie schaute aufs Meer. Keine Menschenseele ringsum. Witta ist öde im Winter, besonders die Badestelle. Wir gingen weit am Strand entlang, am Kurhaus vorbei, in der Richtung zur Bucht. Die ist hier überall von Deichen umgeben. Darauf lag manchmal Schnee. Auf der Erde nicht, dort taute er, aber auf den Deichen hielt er sich lange.

„Die Erde ist wärmer", sagte sie.

Wir wanderten auch in die entgegengesetzte Richtung, die Swetopoler Chaussee entlang. Hier gibt es – wie ich vermute, noch vom Krieg her – eine Art Bunker. Hundertmal war ich achtlos daran vorbeigefahren, Taja aber wollte ihn ansehen.

Wir trabten wohl zehn Kilometer, mindestens. Kletterten hinauf. Gingen vorsichtig hinein. Feucht, dunkel, durch einen Spalt sah man das Meer. Grün, mit weißen Schaumkronen. Überall Inschriften: „Vera plus Nikolai". „Hier waren Mischa und Kostja". Ich schwieg, sie schwieg auch, und im Halbdämmer funkelte das Weiße in ihren Augen.

Sie ging wieder hinaus (ich folgte ihr), aber wir stiegen noch nicht den Hügel hinunter. Wir blieben stehen. Das karierte Mäntelchen war ihr ein wenig zu kurz, und unter der Kaninfellmütze lugte ihr Haar hervor. Der Wind spielte damit, und ich sah, wie weich es war.

Den zweiten Teil der „Russischen Frauen" rezitierte sie auf dem Rückweg – die „Fürstin Wolkonskaja":

„Er braucht mich, wie kann ich noch atmen hier!
Schnell muß ich zu ihm eilen,
Mit ihm, der die Freude einst teilte mit mir,
Gefängnis und Elend zu teilen!"

Sie rezitierte, und ich dachte an meinen Vater. Ich erinnerte mich, wie sie im Gänsemarsch dahergekommen waren, kahlgeschoren, in grauer Gefängniskluft, jedem war jemand entgegengelaufen, nur ihm nicht. Erst später, als er schon vorbei war, der leise Ruf (als ob sie nicht wollte, daß er es hörte): „Wanja!"

Er blieb stehen. Blieb stehen und zog den Kopf zwischen die Schultern. So klein wirkte der Kopf, kahl, mit abstehenden Ohren ...

Du hast erzählt, wie du anfangs die neue Frau deines Vaters gehaßt hast. Deine Stiefmutter ... Anfangs, später verging das. Und ich?

Der großzügige Valentin Jurjewitsch bereitete zu gern Überraschungen – schenkte mal dies, mal das, und Mutter, überglücklich, schmatzte ihn in meiner Gegenwart ab. Und nicht nur in meiner Gegenwart. „Mein Mann ..." „Mein Mann hat ..." Als hätte sie immer nur ihn gehabt. Nie einen anderen. Niemand verbot mir, ihn bei Vor- und Vatersnamen zu nennen, aber ich spürte – lieber nicht, und so redete ich ihn überhaupt nicht an. Außer einem einzigen Mal. Als ich mit Taja bei dem Bunker gewesen war ... Daheim traf ich Gäste an, und plötzlich sagte ich:

„Valentin Jurjewitsch!“

Es wurde auf einmal ganz still. Ich weiß nicht, ob die Bekannten ahnten, daß ich nicht sein leiblicher Sohn war. Sicher wußten sie es jedenfalls nicht, nun aber war es jedem klar.

„Ja, mein Sohn“, sagte Valentin Jurjewitsch ganz ruhig.

Mein Sohn ... So hatte er mich noch nie genannt.

Als ich zu Bett gegangen war, kam Mama herein. Sie setzte sich zu mir, sah mich lange an mit ihren geschminkten Augen. (Ringsum hatte sie Falten.) Sie sah mich einfach an. Dann stand sie auf und ging hinaus – ohne ein einziges Wort.

Weißt du, welche Stelle mich bei der Wolkonskaja am meisten erschüttert hat? Nicht die, wo sie ihrem gefangenen Gatten die Fesseln küßt, nein. Eine andere Stelle. Wo sie schreibt (ganz am Anfang), daß sie auch in der Verbannung „heiter und sogar glücklich sein konnten“.

Ich glaube, diese Worte hätten auch Chamisso gefallen. Sowohl Chamisso als auch Peter Schlemihl. Niemand machte ja, als das Buch erschienen war, zwischen ihnen einen Unterschied.

Es erschien ohne Wissen des Autors – Fouqué ließ es drucken. Der unermüdliche Fouqué. Er wollte es in Berlin herausbringen, aber das klappte nicht, und da war er gerissen genug, einen Verleger in Nürnberg zu finden. Ich kann mir vorstellen, wie baff Adelbert war, als sein Freund vor Tau und Tag zu ihm gestürmt kam und ein dünnes Büchlein mit seinem, Chamissos, Namen auf dem Einband auf den Tisch legte.

„Warum denn das? Ich habe die Bagatelle doch nur für Eduards Kinder geschrieben …"

„Bagatelle?" schrie Fouqué. „Das nennst du eine Bagatelle?" Er rannte im Zimmer hin und her. „Das, das hier sind Bagatellen!" Mit seinen kleinen Händen griff er nach Konspekten und Lehrbüchern. „Du mußt schreiben, verstehst du – schreiben, schreiben, schreiben, aber du verzettelst dich mit wer weiß was."

Adelbert lächelte wehmütig. Er selbst kannte doch seine Bestimmung. Die Naturwissenschaften … Der Krieg war Gott sei Dank zu Ende, er besuchte wieder Vorlesungen an der Universität. Die Schriftstellerei hingegen … Natürlich würde er Terzinen schmieden, aber für sich selbst, nur für sich selbst.

Bei Friedrich war das anders. Der Herr hatte ihn mit Talent gesegnet, ganz Deutschland las seine Bücher. Wie wertvoll war allein schon der „Zauberring". Ein gutmütiger Kerl war er, der Friedrich, allzu gutmütig. Fast in jedem, der ihm begegnete, sah er ein Genie. Wen interessierte schon die naive Beichte eines lächerlichen Tölpels mit Namen Peter Schlemihl?

Selber Tölpel! Fouqué wüßte schon jemanden. Den, der von der „Undine" so begeistert war. Der gerade jetzt in Leipzig die Oper über die zauberhafte Bewohnerin des Wasserreiches beendete. Schade, in Leipzig, nicht hier! Aber macht nichts … Macht nichts …

Ende September war Hoffmann in Berlin gewesen. War bei Mathieu abgestiegen, im Hotel „Goldener Adler", und hier hatte Hitzig ihm den Baron Friedrich de la Motte Fouqué vorgestellt.

Hoffmann hielt lange dessen kleine Hand. Endlich! Wie lange kannten sie einander schon, über wie vieles hatten sie sich ausgetauscht, aber immer nur in Briefen, und nun endlich sah er den Schöpfer der „Undine" von Angesicht zu Angesicht. Er war glücklich! O ja, glücklich, trotz des Zusammenbruchs seiner Theaterkarriere, trotz der ekelhaften Perspektive, an die Staatskrippe zurückzukehren. Er war glücklich ... Gab es denn hier kein Klavier? Er würde gern etwas vorspielen, ein hübsches Thema aus der „Undine".

Der Baron nickte ungeduldig zu allem, und sobald Hoffmann verstummte, um Luft zu holen, redete er selbst. Allerdings nicht über die „Undine", durchaus nicht – sondern über ein kleines Werk von Adelbert Chamisso, einem Sonderling, von dem der Meister wohl noch nichts gehört hatte.

Hoffmann warf den Kopf mit der Hakennase zurück. Was heißt, noch nichts gehört? So ein Langer, der mit Akzent spricht?

„Ja!" rief der Baron. „Ja! Das ist er."

„In diesem Fall", verkündete der Autor der „Fantasiestücke in Callots Manier", „in diesem Fall kennen wir einander bereits aus dem vorigen Jahrhundert. Was für ein Werk hat er geschaffen? In welcher Sprache? In Französisch?"

„In deutscher Sprache. In hervorragender deutscher Sprache. Ich habe es nicht bei mir, jedoch gleich heute abend erhalten Sie diese erstaunliche Sache."

Fouqué vergaß es nicht. Er brachte Chamissos Büchlein mit, als er zur Teegesellschaft erschien, wo der Maestro, den in Berlin kaum jemand persönlich kannte, sich als sein, Fouqués, Landsmann ausgab, als ein gewisser Doktor Schulz aus Rathenow. Er war geistreich und keck, doch sobald die Schwestern Marcuse zu singen begannen, belebte edle Begeisterung sein Gesicht. Die Zwillingsschwestern standen nebeneinander, beide weißgekleidet wie zwei Engel, und ihre Stimmen verschmolzen zu einer einzigen göttlichen Stimme. In Hoffmanns Augen funkelten Tränen. Wortlos setzte er sich ans Klavier und musizierte lange, während die Gesellschaft ergriffen lauschte. Ergriffen und erstaunt. Schulz, Doktor Schulz aus Rathenow? Das war doch Phantastik! Da trat Fouqué einen Schritt nach vorn und verkündete feierlich:

„Meine Herrschaften! Der Kapellmeister Johannes Kreisler befindet sich unter uns – hier ist er!"

Doch an das Büchlein dachte er auch und steckte es im passenden Moment dem Kapellmeister zu, der angeregt seinen ersten Berliner Triumph feierte.

Zwei Tage lang lag es zwischen Manuskripten und Notenheften herum. Am dritten Tag nahm der erkrankte, von der Justiz zermürbte Kammergerichtsrat es zur Hand, schlug es wahllos auf und überflog gelangweilt die ersten Seiten.

Irgendeine Stadt am Meer, irgendein reicher Herr namens Thomas John mit selbstzufriedener Physiognomie. Ein Park, Gäste, und unter ihnen – ein Mann in grauem Rock. Der Teufel? Aber natürlich, der Teufel, da er doch aus seiner Tasche einen golddurchwirkten Teppich und drei Pferde hervorzog. Gleich würde er seine Verführungskünste spielen lassen.

Genau! Schon hatte er ihn eingeholt und … Hoffmann reckte sich. Was war das? Der Mann im grauen Rock nahm den Hut ab und verneigte sich tief. Er wirkte sehr verlegen. So steht es auch geschrieben: „Er selber schien sehr verlegen zu sein." Der Teufel verlegen? Theodor mußte kichern. So etwas hatte er noch nie gelesen.

Weiter – es kam noch besser. Der überaus liebenswürdige, schamhaft errötende Teufel überredete Peter Schlemihl, ihm seinen Schatten abzutreten. Weiter nichts als den Schatten? Soso …

Hoffmanns Hand tastete übers Schreibpult. Er konnte seine Augen nicht von dem Buch losreißen … *So daß er zwischen den beiden ihm aufwartenden Schatten, dem meinen und dem seinen, daherging.*

Die Hand hatte etwas ertastet. Den Bleistift. Nicht die Pfeife, die er gesucht hatte, sondern den Bleistift, aber Hoffmann legte ihn nicht weg. Flink zeichnete er die Silhouette eines Mannes im grauen Rock. Den Hut in der Hand. Einen Schirm unterm Arm … Diese Zeichnung ist erhalten geblieben (siehe die Ausgabe „Literaturdenkmäler", Moskau 1972), doch datiert ist sie nicht vom Herbst 1814, sondern vom Januar

1815. Allerdings mit Fragezeichen versehen, aber trotzdem – Januar 1815. Ich glaube, das ist ein Fehler. Und ich habe eine Vermutung, woher der kommt. Gerade im Januar ist Hoffmanns Kalender (er führte ja sein Tagebuch direkt im Kalender) voll von Notizen mit dem Namen Chamisso. Die letzte dieser Notizen ist vom 1. März. „Abends Hitzig und Chamisso bei mir".

Das war ein Mittwoch. Mittwoch, der 1. März 1815. Ein historischer Tag. Die kaiserliche Brigg „Inconstant", nicht mehr gelbgrau, sondern zur Tarnung schwarzweiß angestrichen, mit Napoleon an Bord, näherte sich der Küste der Provence. Kein einziger Mensch wußte davon. Nicht einmal in Frankreich, und in Deutschland erst recht nicht. Der gestürzte Imperator befand sich auf Elba, dort sollte er bis ans Ende seiner Tage hocken, wozu also hätten die deutschen Schriftsteller über ihn reden sollen? Sie sprachen über andere Dinge. Worüber? Über die „Undine", deren Partitur am vergangenen Freitag dem Grafen von Brühl, dem Intendanten der königlichen Theater, übersandt worden war? Über die Ritter der Tafelrunde? Just in diesen Tagen schrieb Hoffmann den „Artushof". Er schrieb unregelmäßig und in Eile – sein Dienst behinderte ihn. Auch morgen war gleich früh eine Gerichtsverhandlung anberaumt ... Oder sprach man über die anonymen „Nachtwachen des Bonaventura"?

Darauf brachte Hitzig das Gespräch. Scheinbar nebenbei ließ er das Wort fallen, doch es war kein Zufall. Schon damals beabsichtigte er, zu gegebener Zeit Hoffmanns Biographie zu schreiben, und in seinem Kopf, dem Kopf eines professionellen Kriminalisten, regte sich die wahnwitzige Idee: Sollte der Autor der „Fantasiestücke in Callots Manier“ nicht vielleicht auch der heimliche Autor der „Nachtwachen“ in „Hogarths Manier“ sein? (Du weißt ja, daß diese Version auch heute noch in manchen Köpfen spukt.) Er sprach über den Monolog des wahnsinnigen Künstlers – olalà, welch großes Talent war da zu spüren! Wie kostbar allein der Satz über den Haß, der höher steht als die Liebe!

„Eine Banalität“, knurrte Hoffmann und wikkelte sich in sein Plaid.

„Aber die Begründung! Was für eine Begründung! Wer liebt, der braucht jemanden, den er lieben kann, wer haßt, der ist sich selbst genug.“

Nun wurde Chamisso in seinem Sessel unruhig.

„Stimmt nicht“, sagte er. „Das stimmt nicht.“

Hitzig:

„Beweise! Widerlege es! Na? Wir warten.“

Adelbert hüstelte. Sie warteten wirklich (jedenfalls Hitzig; Hoffmann, der fröstelte, wickelte sich nur fester in die Decke). Und so konnte er nicht einfach schweigen.

„Nicht jeder, der sich selbst genügt, haßt auch. Nicht jeder.“

Der zottige Kopf des Hausherrn reckte sich hoch.

„Hm ja ... Ich persönlich habe meine ganze Kindheit in vier Wänden verbracht. Und das ist nun das Resultat ...“

„Das Resultat?“ Der künftige Biograph wurde lebhaft. „Was für ein Resultat?“

Hoffmann schob seine hageren Beine beinahe in den Kamin.

„Mein tiefsinniger Freund Hippel nimmt an, daß die Einsamkeit Anlaß und Ursache für meine Originalität sei. Ein interessanter Gedanke, aber ich sehe keinen Grund, warum anstelle von Originalität nicht auch Verrücktheit daraus geworden sein könnte.“

Der gutmütige Hitzig wollte gleich widersprechen, den Maestro vor sich selbst in Schutz nehmen, aber der von der Flamme erleuchtete Bakkenbart zuckte, die Nase zuckte, und so hielt der Kriminalist vernünftigerweise den Mund.

„Ums Himmelreich soll man nicht betteln, nur das nicht, man muß es sich erwerben.“

Hitzig wäre vor Überraschung beinahe aufgesprungen. Das war ein wörtliches Zitat aus den „Nachtwachen“. Ein wörtliches! Mit offenem Mund saß er da und konnte es nicht glauben. Wahrhaftig? Hoffmanns Backenbart zuckte abermals, er gab einen quäkenden Laut von sich und sah, unter schweren Lidern hervor, belustigt seinen allzu neugierigen Gast an. Er war ein unvergleichlicher Mystifikator, ein Sekretär und Testamentsvollstrecker des Katers Murr.

Der Diener brachte auf einem Tablett drei hohe Gläser mit Wein und Nüsse. Das Kaminfeuer knisterte. Draußen schneite es, doch das war schon kein Winterschnee mehr, es war bereits Frühlingsschnee. Im Süden Europas blühten die Veilchen. Noch fünf Tage, und französische Bauern aus den Alpendörfern würden sie einem dicken Mann in feldgrauem Rock zuwerfen. Doch das war erst in fünf Tagen. Einstweilen aber, zur selben Zeit, da sich die drei Männer vom Tablett die noch heißen Nüsse nahmen, rastete der Kaiser (er hatte die Brigg „Inconstant" als letzter verlassen) auf einem Klappstühlchen unter Olivenbäumen an der Côte d'Azur. Eine schwere Nacht stand bevor. Sie hatten insgesamt nur vier Pferde ...

„Ich denke", sprach Napoleon, „es wird kein zu großer Luxus sein, wenn ich eins davon für mich nehme."

Er half sich mit Ironie ... Doch auf dem Marsch stieg er von Zeit zu Zeit ab und trottete zusammen mit seinen Grenadieren durch den Straßenschmutz. „Unser kleiner Korporal", sagten die Soldaten halblaut und liebevoll.

Noch besser aber gefällt mir eine andere Episode. Die mit den königlichen Truppen, welche in einer Schlucht im Hinterhalt saßen. Achthundert Mann, nicht weniger, und sie ließen sich auf keinerlei Verhandlungen ein.

Der Weg nach Grenoble war abgeschnitten. Nach Grenoble, nach Lyon, nach Paris ... Als Napoleon das berichtet wurde, stieg er ächzend vom Pferd und ging langsam auf die Schlucht zu. Ein halbes Hundert Grenadiere folgte ihm mit gefälltem Gewehr, doch auch denen befahl er zurückzubleiben. Er ging weiter. Allein. In seinem abgetragenen Rock und mit seinem alten Dreispitz.

„Nun?“ sagte er. „Erkennen Sie mich?“
Dieser „kleine Korporal“ bettelte nicht ums Himmelreich. Niemals …
Nur daß das Himmelreich für jeden Menschen ganz verschieden ist …

Du flattertest umher, besuchtest Bekannte („ich hab’s versprochen“), gingst wohl auch zu Konstantin Alexandrowitsch, und ich saß über meinen Karteikarten, blätterte in bibliographischen Verzeichnissen und hoffte immerzu, deine hastige, heisere Stimme zu vernehmen: „Ist Juri Iwanowitsch da?“

Fünf Minuten vor sechs räumte ich meinen Schreibtisch auf, zog den Mantel an und sagte den Mädels „Auf Wiedersehen!“. Unterwegs kaufte ich ein bißchen ein. Nicht immer – irgend etwas zum Essen findet sich bei mir zu Hause auf jeden Fall. Gewöhnlich ist es Tamara Bogdanowna, die ehemalige Straßenbahnfahrerin, die von Zeit zu Zeit feststellt, daß bei ihr alles wie leergefegt ist. Sie hat alles vergessen überm Lesen, Musikhören, über Theaterbesuchen … Da steht sie dann vorm offenen Kühlschrank und reißt die Augen auf.

„So was“, sagt sie, „ich hatte doch noch ein Ei. Hab ich das wirklich schon gegessen?“

„Du hast es nicht gegessen“, beruhigt sie Soja Alexejewna (die ehemalige Geigerin). „Hier ist es.“ Und sie bringt ein Hühnchen.

Tamara Bogdanowna blickt das Hühnchen erstaunt an.

„Aber das ist doch kein Ei.“

„Früher war es ein Ei. Jetzt ist es ein Küken. Ein Broilerküken. Iß nur, iß.“

Tamara Bogdanowna ißt und macht sich dabei Vorwürfe, daß sie so liederlich ist.

„Warum bin ich bloß so liederlich?“ fragt sie mich.

Ich lächele und beruhige sie. Gieße ihr Tee ein. Aber Konfekt stelle ich nicht hin – sie darf nichts Süßes essen. Vor lauter Zerstreutheit wäre sie imstande, eine halbe Schale auf einmal aufzufuttern. Sie geht wieder in ihr Zimmer, und ich greife zu einem Buch. Oder schalte den Fernseher ein. Häufiger jedoch lese ich.

„Man kann doch nicht immerzu lesen!“ sagtest du damals in der Grünanlage. „Nur immer lesen, lesen, lesen.“

„Warum nicht?“

Du sahst mich forschend an. Neugierig forschend.

„Ist dir niemals unheimlich, so allein?“

Ich lächelte.

„Nein.“

„Nie, wirklich niemals?“

Ich schüttelte verneinend den Kopf. Das Jasmingebüsch hinter unserem Rücken war auch ganz still geworden.

„Und kommt es gar nicht vor, daß du mit jemandem reden möchtest? Oder auch nicht reden ... Einfach so dasitzen. Ich weiß auch nicht ... Einfach einen Menschen anschauen.“

Ich schwieg. Lächelte und schwieg. Wahrscheinlich, dachte ich, hat sie sich mit Konstantin Alexandrowitsch zerstritten. Hätte sie sich denn sonst meiner erinnert? Das will gar nichts besagen …

„Gibt es wirklich niemanden auf der ganzen Welt, den du brauchst? Ohne den … Ach, ich weiß nicht! Ohne den du dir dein Leben nicht vorstellen kannst."

Warum nicht. Es gibt einen. Es gibt einen solchen Menschen, und jetzt weißt du, wer es ist. Ich denke unablässig an ihn. Ich weiß, wie er gelebt hat, mit wem er Umgang hatte, welche Kleidung er trug und welche Bücher er schrieb. Leider ist bei uns nicht alles übersetzt, aber ich lerne nun schon seit zwei Jahren Deutsch, und bald kann ich ihn vielleicht im Original lesen.

Dir bedeutet dieser Mensch ebenfalls etwas. Aber nur etwas. Einer allein genügt dir ja nicht, du brauchst viele Menschen, das hast du selbst zugegeben.

„Viele! Und unterschiedliche. Sehr unterschiedliche. Ich brauche immer jemanden. Heute den einen, morgen einen anderen." Deine Augenlider begannen zu flattern. „Ich bin dir so dankbar, daß du mitgekommen bist. Mit keinem anderen wollte ich heute zusammen sein. Nur mit dir. Ich wollte, daß du neben mir sitzt und … daß du schweigst oder nicht schweigst, ganz egal. Mit dir ist es so ruhig, Jurotschka. Alles ist so klar … Hat dir das schon einmal jemand gesagt?"

Taja Kriworutschenko nicht. Die hat es nicht gesagt … Aber ich fühlte, daß sie gern mit mir zusammen war. In der Klasse war sie stiller als alle anderen, aber mit mir allein konnte sie endlos schwatzen. Und ich hätte ihr endlos zuhören mögen.

„Stört dich das nicht?“ fragte sie gelegentlich erschrocken. „Bin ich dir nicht lästig geworden?“ Und sie sah mich von der Seite her schuldbewußt an.

Sie genierte sich, weil sie so groß war. Sie ging gebeugt und neigte den Kopf ein wenig, so kam es, daß ihr Blick schräg wirkte. Mir aber gefiel dieser Blick.

Wir gingen weit am Strand entlang. Mit dem Gesicht zur Sonne ... Die Sonne, riesengroß, sank auf den Horizont zu, und als wir zurückgingen, war sie bereits untergegangen.

Unter unseren Füßen knirschten zwischen Algen kleine Muscheln. Und der Sand war feucht und fest ...

Manchmal wurde uns der Weg von einem Schwarm Möwen versperrt. Sie standen direkt am Wasser und schauten alle in ein und dieselbe Richtung. Alle ... Wegen des Windes? Damit er sie nicht von der Seite anblies, sondern an ihren Körpern entlangstrich? Sie umfächelte? Wir rätselten, woher der Wind kam, doch er schien mit uns zu spielen. Mal blies er von links, mal von rechts, die Vögel aber standen unbeweglich. Ich weiß noch, ich dachte, daß der Wind nichts damit zu tun habe. Sie orientierten sich nach der Sonne. Nach der Richtung des Schattens (obwohl auf unserem Rückweg schon keine Schatten mehr da waren.) –

Auch jetzt rasten sie auf dieselbe Weise. Allerdings komme ich selten nach Witta, in diesem Sommer beispielsweise kein einziges Mal. Mama hat sich daran gewöhnt und wundert sich schon nicht mehr, warum ich „das Meer nicht nutze". Warum ich nur sonntags komme, und auch das nur im Winter. Oder im Spätherbst ... Oder im Frühjahr (im zeitigen Frühjahr) ... Die Stadt hat sich ausgedehnt – überall Erholungsheime und Pionierlager ... Ich nehme die Straßenbahn und fahre zur Bucht. Weiter gehe ich zu Fuß. Der Strand ist überall umgebuddelt und schmutzig (also sind die Urlauber auch bis hierher vorgedrungen), weiter entfernt stehen dicht beieinander kleine Olivenbäumchen. Und am Wasser, genau wie damals, sitzen Möwen.

Nein, sie stehen ... Die Möwen stehen. Und schauen immer noch alle in ein und dieselbe Richtung.

Taja wohnte in Matyna. (So heißt die Altstadt.) Ein Haus in tatarischer Bauweise, Fenster zum Hof, zur Straßenseite hin eine blinde Mauer. Durchgängig wie eine Gartenmauer. Geweißt.

Ihr Vater war Kraftfahrer. Wenn sein LKW vor der Tür stand, konnte kein anderes Auto vorbei. Sogar die Leute mußten sich durchzwängen.

Wegen der niedrigen Decke wirkte Taja daheim noch größer. Ihre Mutter schaute von unten her zu ihr auf. Scheu und liebevoll ... Sie sorgte sich: Die Tochter hustete beständig.

„Ein übler Husten", stellte Valentin Jurjewitsch fachmännisch fest, als wir einmal bei uns waren.

Nur ein einziges Mal – ich schämte mich, weil mein Stiefvater Zahnarzt war und wir so wohlsituiert lebten. „Ein übler Husten."

Chamisso hatte ebenfalls eine schwache Lunge. Das Herumstreifen durch Europa in seiner Kindheit, auf der Suche nach einem Dach überm Kopf, war nicht spurlos an ihm vorübergegangen.

Bei schlechtem Wetter machten wir keine weiten Spaziergänge. Wir gingen ins Kino oder saßen bei ihr zu Hause. Doch die Tage wurden länger, die Sonne stieg immer höher. Für Taja mußte das eine Wohltat sein, für mich hingegen …

Meine Befürchtungen erübrigten sich jedoch. Obwohl ich mich durch die ganze medizinische Literatur von Valentin Jurjewitsch durchgearbeitet hatte, wußte ich doch nicht, daß bei Lungenkrankheiten Sonne nicht günstig ist. Heiße Sonne, Mittagssonne. Taja mied sie, und ich freute mich darüber. Aber nur in der ersten Zeit, so lange, bis sich ein schrecklicher Verdacht in meinem Kopf einnistete.

Ewigkeiten trennten mich von Peter Schlemihl, doch das tat nichts. Ich war nicht mehr allein. Später las ich Andersen. (Selbstverständlich hatte ich ihn auch früher schon gelesen, aber auf die Erzählung „Der Schatten" war ich nicht gestoßen. Übrigens möglich, daß ich diese Geschichte schon irgendwo gehört hatte. Im Hof etwa. Im Kindergarten … Irgendwo mußte das

Gefühl doch herrühren, als hätte ich schon von einem Menschen gehört, der seinen Schatten verlor. Irgendwann, vor langer Zeit.) Also, ich las Andersen und ... Es fiel mir wie Schuppen von den Augen.

Jedem Kind ist klar, daß die Abenteuer eines Schattens, der auf eigene Faust losspaziert, reine Erfindung sind. Aber schau mal, was für eine Stelle es da gibt. Sie fiel mir sofort auf. Die Stelle, wo flüchtig hingewiesen wird auf *eine Geschichte von einem Manne ohne Schatten, die jedermann daheim in den kalten Ländern kannte.*

Was für eine Geschichte? Damals wußte ich noch nicht, daß Chamisso mit Andersen befreundet war, ihn sogar übersetzt hatte. Und daß die Geschichte, die jedermann kannte, die Geschichte meines Peter Schlemihl war.

Oder vielleicht doch eine andere? Jewgeni Schwarz bezieht sich ja in einem seiner Stücke auf Überlieferungen von einem Menschen, der seinen Schatten verlor. Folglich existieren derartige Überlieferungen! Und wenn es Überlieferungen gibt, dann ... *Ihre Krankheit besteht darin*, stellt die Königstochter bei Andersen fest, *daß Sie keinen Schatten werfen können.*

Krankheit! Hörst du, Krankheit, und gesprochen wird von ihr wie etwa von einer Gicht. Da fiel es mir wie Schuppen von den Augen: Es gab also außer Peter Schlemihl und mir auch noch mehr solche Menschen auf der Welt.

In einer kleinen Erzählung von Mac Orlan, einem Franzosen, (in unserer Bibliothek gibt es sie nicht, nur in der Bezirksbibliothek) begegnet

Schlemihl einem gewissen Hans Grühl, und dieser gesteht ihm, daß auch er früher schattenlos gewesen sei. Bitte schön – noch einer!

Doch all dies war in früheren Zeiten. Und jetzt? Jetzt, da es viel mehr Menschen auf der Erde gibt? Logischerweise muß also auch die Anzahl der Glühwürmchen zunehmen …

Irgendwo am Anfang, im ersten oder zweiten Heft (Das wievielte ist dies hier? Schon das sechste.), habe ich geschrieben, daß ich auf der Fachschule diesen Spitznamen erhielt – Glühwürmchen. Wegen meiner Kleidung. Und vielleicht auch, weil ich immer lächle. Aber das war an der Fachschule. Nach den Abschlußprüfungen wurden wir in alle vier Winde verstreut, und der Spitzname blieb dort. Im Archiv. Aber nicht im offiziellen, wo die Akten aufbewahrt werden – nein, in einem anderen Archiv, ohne Panzerschränke. Wenn man darin stöbern würde, käme viel Interessantes zutage. Aber wer würde das schon tun!

Eines schönen Tages hörte ich auf einmal:

„Unser Glühwürmchen läßt ja heute so den Kopf hängen! Er wird doch nicht krank geworden sein?"

Soja Alexejewna, die Nachbarin, die ehemalige Geigerin … Ich weiß noch, ich war baff vor Schreck, sie aber rührte seelenruhig in ihrem Topf, als wäre nichts gewesen.

„Woher wissen Sie das?" stammelte ich.

„Daß Sie den Kopf hängenlassen?"

„Nein, daß …"

Ich biß mir auf die Zunge. Sie sah mich aus

zusammengekniffenen Augen an und rührte ruhig weiter.

Später habe ich mir überlegt, daß nichts Übernatürliches dabei war. Was besagte es schon, daß sie mich Glühwürmchen genannt hatte. Sie hat ein scharfes Auge, unsere Soja Alexejewna. Und einen scharfen Verstand hat sie auch.

„Tomotschka“, sagt sie und meint damit Tamara Bogdanowna, „Tomotschka hält mich für einen David Oistrach. Dabei bin ich genauso ein David Oistrach, wie sie ein Rennfahrer ist. Wir sind beide unser Lebtag auf festen Gleisen gefahren. Wie man mich mit fünf Jahren in Gang gesetzt hat, so bin ich mein ganzes Leben getrottet. Schöpfertum ... Inspiration ... Wissen Sie, Jura, aus mir wäre wahrscheinlich eine gute Hausfrau geworden, aber der Musendienst verträgt sich nun mal nicht mit Alltagshektik. Also hat man mich davor bewahrt, bis ich vierzig war. Meine musikliebenden Eltern ... Und dann, dann war es eben zu spät. Ein Ausbrechen aus den eingefahrenen Gleisen endet dann höchstens im Straßengraben. Mit der Rente in der Tasche. Gleich am ersten Tag hab ich meine Geige verkauft und mir eine Strickmaschine angeschafft. Und es hat sogar noch für eine Küchenmaschine gereicht. Die Geige war wertvoll. Ein altes Stück.“

Ich habe die Geige nie gesehen. Soja Alexejewna hat sich von ihr getrennt, als wir noch nicht Nachbarn waren, aber die Strickmaschine kenne ich gut. Mein Pullover wurde auf ihr angefertigt. Ein Geburtstagsgeschenk. Mein Schal auch. Ein Neujahrsgeschenk ... Und beides in hellen Farbtönen. Alte Frauen sind ein scharfsichtiges Völkchen.

Taja Kriworutschenko trug auch gern helle Kleider. Erstens kaschierten diese ihren hohen Wuchs, zweitens schützten sie gut vor der Sonne, und drittens ... Drittens ...

Meine Vermutung schien mir abwegig. Aber nur in der ersten Zeit ... Warum denn abwegig? fragte ich mich. Wenn es früher Glühwürmchen gegeben hat, weshalb sollte es in unserer Zeit nicht auch welche geben? Auf einmal klärte sich alles. Daß sie immerzu allein war. (Ich zählte ja nicht.) Und daß sie die Sonne fürchtete ... Eine Lungenkrankheit? Wer weiß, vielleicht auch eine andere? Dieselbe Krankheit, von der Andersens Königstochter spricht.

Ein grausiges Bild stand mir vor Augen. Wir beide gehen über den Schulhof, es ist trüb, aber plötzlich bricht die Sonne durch, und alle sehen, daß wir keine Schatten haben. Alle beide nicht. Aha, darum sind sie auch immer zusammen. Zwei Glühwürmchen. Zwei Mißgeburten ...

Ich muß immer wieder an eine Szene denken. Es ist lange her, zehn Jahre schon (oder mehr), doch ich sehe sie lebhaft vor mir.

Sommer, die Strandpromenade, flanierende Badegäste. Und plötzlich zwei junge Leute, er und sie, und beide mit Krücken. Nicht dicht nebeneinander – da hätten die Krücken gestört –, sondern ein Stück voneinander entfernt.

Sie hat ein Nelkensträußchen in der Hand. Das hält sie mit zwei Fingern wie eine Zigarre, die drei anderen Finger umklammern den Krükkengriff. Unverwandt schaut sie ihren Freund an.

Ein Angebertyp, mit Jeans und Hut. Und er redet immerzu. Nicht lauter als die anderen, aber es wirkt lauter. Vielleicht, weil die Leute unwillkürlich verstummen, wenn sie sich den beiden nähern.

In Witta gibt es jede Menge Behinderte, darüber wundert sich hier niemand, aber so wie diese beiden, als Pärchen ...

Genauso ist es mit den Glühwürmchen. Lach mich bitte nicht aus, ich glaube nämlich, es gibt viele von uns auf der Welt, nur daß sich jeder einzelne abseits hält. Nicht von den Gesunden, den Gesunden weichen wir ja nicht gerade aus, sondern einer vom anderen ... Um nur nicht aufzufallen. Deshalb wohl wissen viele nicht, daß es uns überhaupt gibt.

Taja merkte sofort, daß ich mich verändert hatte. Kein Wunder! Früher waren wir zusammen nach der Schule heimgegangen, jetzt trödelte ich länger herum oder schlüpfte schon vor ihr hinaus. Auch zur Bibliothek ging ich allein, und ich trieb mich an Orten herum, wohin sie, wie ich wußte, niemals kommen würde.

Jetzt finden, glaube ich, in der neunten Klasse keine Prüfungen mehr statt, aber damals gab es welche. Den besten Aufsatz schrieb Taja. Den besten in der Klasse und von der ganzen Schule. Er wurde sogar bei der Volksbildungsabteilung eingereicht. Das sagte uns die Klassenleiterin, als sie die Zeugnisse ausgab. Dabei applaudierte sie. Alle anderen ebenfalls. Außer mir … Ich machte mir mit meinem Füller zu schaffen. Schraubte ihn auf, schraubte ihn wieder zu … Tippte an die Feder. Erst als alle weg waren, verließ ich vorsichtig die Klasse. Als letzter …

Die Sonne schien. Sie schien sehr grell, kein einziges Wölkchen! Ich nahm einen Umweg, ging durch die hintere Pforte, dafür aber im Schatten.

Taja erwartete mich an der hinteren Pforte. Nicht am Tor, wo alle hinausgegangen waren – an der hinteren Pforte. Also wußte sie, daß ich hier durchkommen würde? Aber woher? Ahnte sie vielleicht etwas?

„Jura!“

Ich – keinen Mucks. Als hätte ich nichts gehört. Trottete einfach weiter, und über mir riesige Kastanienbäume – da kam kein bißchen Sonne durch. Und die Häuser gaben auch Schatten.

Sie holte mich ein, ging neben mir.

„Ach, du“, sagte ich. „Grüß dich!“

Als hätten wir nicht eben noch nebeneinander in den Bänken gesessen. Als wären wir niemals zu dem alten Bunker gegangen. Als würde ich nicht bei ihr daheim behandelt wie einer, der dazugehört.

Sie trug braune Schuhe, das weiß ich noch wie heute. Hochgeschlossene Schuhe. Mit dicker

Sohle. Bei dieser Hitze! Die Jungen liefen schon barfuß, badeten schon und ließen sich von der Sonne bräunen, und sie – mit diesen Herbstschuhen. In diesem dunklen Kleid, wenn auch mit weißer Schürze. Sie trug als einzige die Schuluniform. Sie war die Größte, größer als manche Lehrer, und auch die Diszipliniertеste. In der Hand das Schülertagebuch, darin das Zeugnis und auf dem Zeugnis Einsen, lauter Einsen …

An einer Kreuzung blieben wir stehen. Hier trennten sich unsere Wege. Sie mußte geradeaus, ich nach rechts, Richtung Strand.

„Ich weiß", sagte sie, „du hast Angst …"

Wovor ich Angst haben sollte, das verstand ich nicht, weil ein Auto vorüberdonnerte. Ich fragte sie (betont lässig!), aber sie gab keine Antwort. Sie sah mich von der Seite an. Und lächelte. Ein schuldbewußtes, trauriges Lächeln. Dann ging sie. Hochgewachsen, in ihrer Schuluniform, mit weißen Schleifen in den Zöpfen … Pfeifend trollte auch ich mich.

Am 20. März 1815 zog Napoleon in Paris ein. Ohne einen einzigen Schuß. Die Franzosen jubelten. Trikolore-Kokarden wurden aus Geheimverstecken hervorgeholt – also hatte man ihn erwartet, hatte man gehofft … Doch das war in Paris. Berlin hingegen erstarrte vor Schreck. Freilich nicht lange. Abermals klickten die Gewehrschlösser. Abermals war Napoleon der Erzfeind – und zugleich auch alle Franzosen. Abermals trafen Adelbert scheele Blicke. Es war

Frühling, die Sonne schien. Er aber zog sich den Hut tiefer in die Stirn.

In den Zeitungen wimmelte es von patriotischen Losungen. Zerstreut überflog Adelbert sie, und plötzlich blieb sein Blick an einer kleinen Notiz auf der letzten Seite haften. Nicht vom Kaiser war dort die Rede. Nicht von den Franzosen. Nicht von „Marschall Vorwärts" (so nannte man den alten Blücher), der noch einmal die Uniform angezogen hatte. Nein, nicht davon ...

Vom Nordpol war die Rede in dieser Notiz. Jawohl, vom Nordpol, wohin der russische Graf Rumjanzew in diesen Tagen eine Expedition ausrüstete. Chamisso las einmal, noch einmal, hatte die Zeitung schon weggelegt, griff aber neuerlich danach. Nordpol ... Die Arktis ... Er selbst hatte nie gedacht, dorthin zu gelangen, doch Peter Schlemihl, sein Doppelgänger und Sendbote, hatte diese Gegenden durchstreift. Über die Beringstraße war er geschritten – über dieselbe Meerenge, wohin die Russen jetzt wollten. Könnte er doch mit ihnen fahren! Das wäre seine Rettung. Als Expeditionsmitglied fände er gewiß eine Aufgabe. Er würde sich, wie Peter Schlemihl, mit naturwissenschaftlichen Forschungen beschäftigen. Wer aber konnte ihn in die Expedition aufnehmen? Wie sollte er überhaupt an die Russen herankommen? Graf Rumjanzew finanzierte das Unternehmen, aber jemand mußte es doch auch leiten.

Adelbert zog Erkundigungen ein. Sieh an, der Sohn des Generalkonsuls in Königsberg, des August von Kotzebue.

August von Kotzebue war russischer Diplomat und deutscher Schriftsteller. Verfasser des Bühnenstücks „Die beiden Klingsberg", über das sich Goethe persönlich wohlwollend geäußert hatte. Allerdings schrieb er auch bissige Epigramme auf Kotzebue, die Hoffmann mit Genuß zitierte. Hoffmann und Kotzebue kannten sich schon lange – vor zwölf Jahren hatte der Diplomat in seiner kleinen Zeitung das erste literarische Werk des Kapellmeisters gedruckt. So begab sich Adelbert auf den Weg zur Französischen Straße, wo Hoffmann wohnte. Zur ehemaligen Französischen – jetzt hatte man sie natürlich umbenannt.

Der Justizrat hatte schlechte Laune. Vor ihm stand ein Glas mit einem trüben Gebräu, daran nippte er gelegentlich mit verkniffenem Gesicht, um seine Magenschmerzen zu dämpfen.

Von Kotzebue? Hoffmann krümmte die Mundwinkel nach unten. Er dachte an das Jahr 1809, an Bamberg, an die Premiere der Oper „Das Gespenst". Sie waren, um ehrlich zu sein, ausgepfiffen worden, und wenn auch nicht er der Autor war, sondern Kotzebue, so stammte doch die Musik von ihm.

„Ich schlafe miserabel", klagte der Maestro. „Ich schlafe fast gar nicht, und Träume habe ich, stell dir nur vor, ganz seltsame Träume! Als stünde ich draußen vor der Tür, dort draußen ..." Hoffmann streckte seinen langen Finger aus. „Und von dort aus sehe ich mich selbst. Hm ja ... Ich trage einen Rock, dessen Farbe ist in cis-Moll gehalten. Du weißt schon ... Na, und dann diese gestrickte Mütze. Diese hier ..." Er faßte sich an den Kopf. „Ich sitze da und rühre mich nicht. Ich atme nicht mehr. Ich bin tot ... Die Tür war übrigens verglast."

Das hätte er nicht mehr zu sagen brauchen. Ohnehin hatte Adelbert begriffen, worauf Hoffmann anspielte. Auf jene Stelle aus seiner Erzählung, wo Schlemihl träumt, er stünde hinter der Glastür und sähe Chamisso in seinem kleinen Zimmer sitzen, zwischen einem Skelett und einem Bund getrockneter Pflanzen. *Ich betrachtete dich lange*, bekennt Peter Schlemihl seinem Autor, *aber du rührtest dich nicht, du holtest auch nicht Atem, du warst tot.*

„Was soll dies bedeuten?" fragte Hoffmann.

Adelbert senkte den Blick.

Ich weiß nicht, Ljuba, wie er diese Stelle erklärte. Niemand weiß es. In keiner einzigen Arbeit über Chamisso – jedenfalls in keiner mir zugänglichen – gibt es eine Erläuterung dieser Szene.

Und noch eine Frage stellte Hoffmann seinem Gast. Jetzt bereits ohne Umschweife. Was Peter Schlemihl meine, wenn er dem treuen Bendel gestehe, nicht ohne früheres Verschulden treffe ihn schwere Strafe.

„Was meint er?" fragte Hoffmann. „Was für ein Verschulden?"

Der Gast errötete.

„Fortunati Glücksäckel", stammelte er. „Was ließ er sich von diesem auch verlocken."

Hoffmann schüttelte den Kopf.

„Das ist kein früheres Verschulden."

Er saß zusammengesunken da und starrte in sein Glas, den Gast hatte er vergessen. Sicher wußte er, was es war, das *frühere Verschulden.* Ich glaube, er wußte es ...

Unverrichteterdinge verließ Adelbert die ehemalige Französische Straße. Und dennoch nahm er an der Nordpolexpedition des Grafen Rumjanzew teil. Es war Iwan Fjodorowitsch Krusenstern, der ihn dem jungen Kapitän empfahl. Am selben Tage, da aus Belgien die Nachricht vom Sieg Napoleons bei Ligny über den „Marschall Vorwärts" kam, unterschrieb Chamisso den Vertrag. Geschafft! Die Russen würden ihn mitnehmen. Fünf Tage später wurde ein ganz anderes Dokument unterzeichnet. „Franzosen! Mir scheint, die Umstände haben sich geändert. Ich bringe mich dem Hasse der Feinde Frankreichs zum Opfer. Mein politisches Leben ist zu Ende."

Dieses Dokument hieß „Akte über die Abdankung Napoleons I.". Das war sofort nach Waterloo.

Wenn man es recht bedenkt, war Chamissos Flucht ebenfalls eine Abdankung. Er sagte sich los vom Universitätsstudium. Von der literarischen Arbeit. Von der Gesellschaft seiner Freunde ... Mich aber, Ljuba, macht etwas anderes betroffen. Daß Chamisso all dies schon drei Jahre früher vorhergesehen hat, als er den „Schlemihl" schrieb. Der ist ja auch auf der Flucht. Der streift auch durch die ganze Welt in seinen Siebenmeilenstiefeln. Sogar die Reiserouten ähneln sich in vielem.

Peter Schlemihl war allerdings nicht in Petersburg, Adelbert hingegen besuchte die Stadt. Zur gleichen Jahreszeit, als auch du dort warst. Die weißen Nächte ... Weißt du noch, damit wolltest du mich locken. Mit der Sonne, die Tag und Nacht scheint. Mich! Mit der Sonne! Ich lächelte und sagte:

„Ich weiß nicht recht ..."

Da wurdest du böse:

„Aber ich weiß. Du mußt fahren. Solch eine Chance kriegst du niemals wieder. Wenn du kein Geld hast, kann ich dir welches borgen."

Mir wurde ganz heiß. Als ob es ums Geld ginge! Ich arbeite ja nicht nur in der Bibliothek, ich habe auch noch eine halbe Planstelle als Archivar. Zu tun gibt es da nicht viel, das schaffe ich fast alles während des Urlaubs. Im Sommer ... Man stellt mir die Turnhalle zur Verfügung, dort kann ich unumschränkt regieren und mich ausbreiten, und zum ersten September ist alles in Ordnung.

Du wunderst dich, ich weiß. Schon daß ich in der Bibliothek arbeite, kannst du nicht begreifen.

„Bei deinem Wissen! Nicht mal unsere Dozenten ..."

Das war, weißt du noch, als wir unter den pilzförmigen Sonnenschirmen saßen. Zu dritt – ich, du und dein Sohn Petja. Er sah selbst aus wie ein kleiner Fliegenpilz. Roter Panamahut mit weißen Punkten.

Alles war von Hopfen umrankt, die Sonne

schimmerte hier und da durch. Mal blitzte sie auf dem Eisbecher, mal auf den Eiskugeln, dann wieder auf der Flasche mit dem goldfarbenen Getränk. Und plötzlich traf auch mich ein Strahl. Er drang aber sofort durch mich hindurch, als wäre da nichts, und fiel auf den feuchten (soeben gesprengten) Asphalt.

Dort saß ein Kater. Auf dem Asphalt. Er saß da und haschte mit dem Pfötchen nach mir. Kann sein, er war ein Nachkomme jenes Katerviehs, welches mich damals auf dem Müllplatz beobachtet hatte.

Sicherlich war er es. Überall – auf dem Tisch, auf dem Fußboden – tanzte die Sonne (die Blätter bebten ja!), nur in seinen Augen glomm sie unbeweglich.

„Hörst du überhaupt zu?"

Ich schrak auf. Natürlich hörte ich zu. Ich wußte nur nicht, was ich antworten sollte. Auf deine Frage, warum ich nicht weiterstudiere. Etwa an der Hochschule für Bibliothekswesen. Oder an unserer Universität.

„Man muß doch eine Perspektive haben!" sagtest du. „Ich zum Beispiel ... Entschuldige, daß ich von mir rede ... Ich zum Beispiel brauche unbedingt etwas, worauf ich warten kann. Unbedingt! Wenn ich abends zu Bett gehe, denke ich immer: Na, was wird der morgige Tag bringen? Was wird passieren? Wenn es auch nur eine Winzigkeit ist, ganz egal, Hauptsache, es passiert etwas. Nimm bloß mal heute: Ich wußte, wir gehen in den Park, und mein Leckermäulchen", ein schneller Blick zu deinem Söhnchen, „wird zwei

Portionen haben wollen. Er wird sich ganz bekleckern, und ich werde ihm den Schnabel abwischen. So hier, siehst du? Na also ..." Und du wischtest ihn ab, während der Kleine artig seinen Mund hinhielt. „Und neben mir wirst du sitzen, in deinem hellen Jackett, du wirst lächeln und dir mein dummes Geplapper anhören. In deiner Gegenwart kann man alles mögliche quasseln und sich trotzdem nicht als blöde Gans fühlen. Manchmal", gestandest du, „manchmal packt mich das Grausen: Mein Gott, was bin ich bloß für eine blöde Gans! Aber bei dir geht es mir nicht so. Wenn ich mit dir zusammen bin, gefalle ich mir sogar selbst. Ehrlich! Na, nicht nur mit dir", korrigiertest du flink, „mit anderen auch, aber doch nicht so. Nur allein, Jurotschka, allein halte ich es nicht aus. Wirklich!"

Du schautest an mir vorbei, irgendwohin durchs Blättergewirr, und ich sah deinen Augen an, wie schrecklich schwer es dir fällt, allein zu sein.

Und unten saß immer noch der Kater, womöglich der Nachfahr, und haschte wieder mit der Pfote nach mir. Seine Augen zweigeteilt von den schwarzen Pupillen – und darin die Sonne.

„Was ist denn dort?" fragtest du.

Ich hob schnell den Kopf.

„Ach, nichts."

Doch dein Sohn verriet mich.

„Eine Miez!" freute er sich. „Sie will Eis."

Du schautest hin.

„Wenn sie bitte sagt, müssen wir ihr welches geben."

Du nahmst einen Löffel voll und legtest es auf den feuchten Asphalt.

Darauf hatte der Kater nur gewartet. Er schleckte sofort los.

„Wie süß!" Du lachtest. „Und sieh nur, bei wem er gebettelt hat! Nicht bei mir, auch nicht bei Petja ..."

Plötzlich brachst du ab. Dein Blick traf meine Augen, direkt und tief, dann flatterten deine Lider und senkten sich. Du rührtest mit dem Löffel im Eis.

Auch mit Hunden ist es so. Kein einziger geht vorüber, ohne mich zu beschnuppern. Und die Spatzen erst! Von morgens früh bis in die Nacht spektakeln sie auf meinem Fensterblech. Vor anderen Fenstern nicht, aber bei mir. Doch das ist noch gar nichts! Du wirst es nicht glauben: Sogar leblose Gegenstände sind gut zu mir. Manchmal haben sie ihre Tücken, aber ich bleibe ganz ruhig – spielt verrückt, solange ihr wollt! –, und dann geben sie es auf. Der Fernseher hat gemukkert und gemuckert, und plötzlich lief er wieder. Ganz von allein! Der Kühlschrank funktionierte eine Weile nicht, und plötzlich ging er wieder, obwohl ich ihn mit keinem Finger angerührt habe. Ich verstehe auch nichts davon. Und der Füller, mit dem ich nun schon die zweite Woche für dich schreibe, hat gestern auch gestreikt, aber heute macht er eifrig weiter, als wäre nichts gewesen.

Ich muß mich beeilen. Es sind nur noch drei oder vier Tage bis zu deiner Rückkehr, und ich habe längst nicht alles erzählt. Vieles, aber nicht alles. Einen Abend verlor ich durch Tamara Bogdanowna. Sie hatte Theaterkarten gekauft, für ein Leningrader Ensemble, das gerade bei uns gastierte, während du in seiner Heimatstadt herumspaziertest. Aber Soja Alexejewna wollte nicht mitgehen, und so mußte ich einspringen.

Obwohl, Theater – das ging ja noch an. Auf der Geige brauchte ich zum Glück nicht zu spielen. Die hatte Tamara Bogdanowna unserer Soja Alexejewna zum Geburtstag geschenkt, ihre ganze Rente war dabei draufgegangen, aber das Geburtstagskind sagte nur:

„Was hast du da angerichtet, Liebes? Im An- und Verkauf nehmen sie die nicht."

Tamara Bogdanowna bekam rote Flecke im Gesicht.

„Wieso An- und Verkauf?"

„Na, weil ich sie nicht anrühren werde. Und du auch nicht. Höchstens vielleicht Jurotschka ..." Sie äugte zu mir herüber. „Aus ihm hätte ein guter Musiker werden können. Ein bißchen früher ... Vor fünfundzwanzig Jahren oder so ... Und wovon willst du jetzt leben?"

Sie übernahm den gesamten Unterhalt der Bogdanowna bis zur nächsten Rente.

Und die Geige? Mit der Geige geschah folgendes. Ein paar Monate lag sie nutzlos herum, und dann hörten wir plötzlich: Tü-tü-tü, tü-tü-tü, tü-tü-tü ... Das war Tamara Bogdanowna, sie übte auf dem Instrument. Im Selbststudium ...

Habe ich schon geschrieben, daß Taja ein Klavier besaß? Sie hatte eins, ja. Das halbe Zimmer nahm es ein. Vielleicht gehörte es nicht ihr persönlich, vielleicht spielte ihr Bruder oder ihre Mutter, ich glaube aber, sie musizierte selbst. Nur dachte ich darüber erst später nach, als wir uns schon nicht mehr trafen.

Wir sahen uns nicht mehr, aber ich mußte immerzu an sie denken. Über ihre letzten Worte dachte ich nach, die sie an der Straßenkreuzung gesagt hatte. „Ich weiß, du hast Angst ..." Woher wollte sie wissen, wovor ich Angst hatte? Ich nahm mir vor, sie unbedingt danach zu fragen, sobald wir uns irgendwo treffen würden. Zufällig. Vor der Bibliothek zum Beispiel. Oder in ihrer krummen engen Gasse.

Bis zu ihrer Gasse kam ich nie. Ich machte immer wieder kehrt. Weißt du, was mir am meisten zu schaffen machte? Nicht, daß man uns ertappen könnte, nein, sondern daß es mich so zu ihr zog. Zu ihr und zu keinem anderen Mädchen. Etwa zu einem gesunden, einem Mädchen wie alle anderen ... Unsere Beziehung kam mir vor wie eine ungute Verschwörung. Verschwörung gegen wen? Gegen alle anderen Menschen. Ja, Ljuba, gegen alle und jeden ... Darum war ich auch so fassungslos, als ich eines Tages die Tür öffnete (es hatte geklingelt) und sie auf dem Treppenabsatz stand.

Ich war fassungslos, ließ mir aber nichts anmerken.

„Grüß dich!" sagte ich.

„Guten Tag ..."

Und Schweigen.

„Gehen wir ein Stück?“ schlug ich vor.

Gefügig folgte sie mir. Ich ging einfach der Nase nach. Das heißt, ich drückte mich nicht an den Hauswänden entlang. Ich hatte nichts zu befürchten: Der Himmel war schon vom frühen Morgen an wolkenbedeckt. (Das Wetter ist stets das erste, was mich interessiert, wenn ich aufstehe.)

Aber vielleicht, mußte ich plötzlich denken, vielleicht ist das gar kein Zufall, daß heute solch ein trüber Tag ist? Sie wird ihn sich extra ausgesucht haben. Einen Tag ohne Sonne ... Ich plapperte ununterbrochen. Du wirst dich verwundert fragen, ob es stimmt, daß auch ich gesprächig sein kann.

Jetzt kann ich es nicht. Höchstens auf dem Papier ... Aber du hast mich ja selbst gebeten, von mir zu erzählen. Ganz ernst hast du die Bitte geäußert, Ljuba, das weiß ich noch genau.

Wir gingen zum Meer, und dort tobte ein gewaltiger Sturm. Welle auf Welle überflutete klatschend die Mole, und die ganze Strandpromenade stand unter Wasser. Wir blieben immer wieder stehen und warteten. Und wenn wir vor dem nächsten Schwapp ein Stück weiterrannten, sprühte uns feiner Wasserstaub hinterdrein. Wir machten uns aber nichts daraus, denn obwohl die Sonne nicht schien, war es warm, es war August (nein Juli, Ende Juli). Ein ganz Wagemutiger badete sogar.

„Wie der wohl wieder rauskommen will?“ sagte ich. „Oder will er warten, bis es sich beruhigt?“

Taja lächelte nicht. Ich glaube, sie hörte mich überhaupt nicht. Sie schaute zu Boden. Ging ich langsamer, verlangsamte auch sie ihren Schritt. Ging ich schneller, legte auch sie einen Schritt zu. Und plötzlich war sie nicht mehr neben mir. Die Welle war schon zurückgeflutet, man konnte weitergehen, also hatte ich mich in Bewegung gesetzt, sie aber blieb stehen wie angewurzelt.

„Was hast du denn?“ fragte ich.

Schweigen. Mit bloßen Armen und bloßem Hals stand sie da, und von hinten rollte schon wieder eine Welle auf sie zu. Eine riesige. Die Neunte Woge.

„Taja!“

Keine Antwort. Sie blickte nicht einmal auf. Ich ergriff sie am Arm, sie riß sich los mit einem Ruck. Ich hätte nie gedacht, daß sie soviel Kraft hat. Und der Wellenberg kam immer näher ... Im letzten Moment konnte ich noch beiseite springen, ich hüpfte direkt unter dem Wasserfall hervor – der war grün und brodelte –, sie aber wurde von Kopf bis Fuß überspült. Doch auch jetzt rührte sie sich noch nicht. Sie war ganz naß, ihr Kleid klebte am Körper, und das Wasser lief ihr übers Gesicht.

Ich ging wieder zu ihr. Ich weiß nicht, ob sie mich hörte – ein schreckliches Getöse erfüllte die Luft. Vielleicht hörte sie mich, aber den Blick hob sie immer noch nicht. Sie wandte sich um und ging fort, eilig, doch die Wellen schienen eigens auf sie zu lauern. Eine, noch eine ... Ihr lauerten sie auf, mich verschonten sie. Mal brach sich eine vor mir, mal hinter mir, nur das

Tropfengesprüh hüllte mich ein. Doch auch durch den Wasserstaub hindurch sah ich ihre davoneilende Gestalt.

Mina liebte Schlemihl aufrichtig. Dieser Meinung bist du doch auch? *Ja, ich weiß es längst, er hat keinen Schatten*, gibt sie zu. Sie wußte es und liebte ihn trotzdem. Ihm fehlte der Schatten *immer*, mir hingegen nur zeitweise. Manchmal habe ich einen, manchmal nicht. Ich bin sozusagen ein sporadisches Glühwürmchen. Ein heimliches. Und das ist noch schlimmer, als wenn man es offenkundig ist. Lieber wollte ich überhaupt keinen Schatten haben …

Du fragst, wie ich es aushalte, so ganz allein. Ob mir nicht manchmal unheimlich ist. O nein. Im Gegenteil … Das ist schwer zu erklären, aber ich will's versuchen. Ich glaube … Vielleicht irre ich mich, aber ich glaube, es muß immer Menschen geben, die allein leben. Ganz allein. Die anderen leben gemeinsam, die meisten, und das ist sehr gut so, aber damit es ihnen auch wirklich richtig gut geht, muß eben auch jemand allein bleiben, unbedingt! Als eine Art Wächter … Oder Diensthabender. Sogar an Feiertagen, wenn sich alle vergnügen, hat doch jemand Bereitschaftsdienst. Weißt du, wann ich das deutlich gespürt habe? Als ihr nach Leningrad abgereist seid.

Alle waren schon zur Stelle und warteten auf den Autobus. Auf dem Hof wimmelte es von Menschen: Die einen wollten mitfahren, andere waren zum Abschiednehmen gekommen, wieder andere einfach aus Neugier. Die meisten waren Studenten – für sie war die Reise gedacht. Trubel, Gelächter, Gesang zur Gitarre. Jemand hatte ein Kind dabei, ein kleines Mädchen, das hielt Luftballons in der Hand. Fünf oder sechs, alle verschiedenfarbig. Ein Radfahrer war aufgetaucht und winkte mit einem grünen Zweig. Die Sonne schien. Alle freuten sich über die Sonne – der Abflug würde also pünktlich erfolgen. Und überhaupt ist es schön, wenn die Sonne scheint. Wenn Sommer ist. Wenn man verreisen kann.

Ich stand am Fenster. Ganz unten ... Unsere Fenster sind alle zu ebener Erde, weil wir unsere Räumlichkeiten im Souterrain haben. Und alle Fenster sind vergittert – wegen der Bücher! Ich schaute also durchs Gitter, aber du hast mich nicht bemerkt. Du hast überhaupt nicht zu mir herübergeguckt. Es störte mich nicht. Es war sogar ganz richtig so. Dort in der Sonne brodelte das Leben – wer sollte da in Kellerfenster gukken!

Aber auch zu Konstantin Alexandrowitsch hast du nicht hingeschaut. Obwohl er für euch die Hauptperson war. Er fuhr nämlich als Reiseleiter mit. Von allen Seiten sprach man auf ihn ein, aber er drehte nur gelassen seinen Kopf hin und her. Wie ein Hirsch. Du hast nicht hingeschaut. Bist auch kein einziges Mal an ihn herangetreten. Er war Luft für dich. Du saßest auf einer Bank, rauchtest, und neben dir stand ein gelber Koffer. Ein Riesending. Von Leningrad aus wolltest du noch nach Moskau fahren und von Moskau nach Gorki. Ans Grab deiner Mutter.

Um ehrlich zu sein, ich freute mich, daß er Luft für dich war. Wer ist er schon, dieser Konstantin Alexandrowitsch! Er trat dann selbst an dich heran. Sein Anzug schien aus Metall zu sein, er glänzte richtig. Und deinen Riesenkoffer hob er hoch wie nichts. Mit dem kleinen Finger. Ja, ich glaube, mit dem kleinen Finger. Und dabei bückte er sich nicht einmal, dieser rote Hirsch!

Ich wußte, er würde dort ständig mit dir zusammen sein. Jede Stunde. Jede Minute. Na und? Sollte er doch! Jemand muß ja allein bleiben ... Wie ein Elektriker, der am Feiertag Bereitschaftsdienst hat. Sonst platzt die Feier. Die Menschen begreifen das und sind freundlich zu den Elektrikern. Dankbar und freundlich. Weißt du noch, anfangs hast du dich gewundert, warum alle mit jeder Kleinigkeit zu mir kommen – Juri Iwanowitsch hier, Juri Iwanowitsch da ... Ich erweise doch niemandem besondere Wohltaten. Ich gebe nicht einmal Bücher aus. Die Leute mögen mich, weil ich der elektrische Bereitschaftsdienst bin, der notfalls für Licht sorgt ... So auch neulich: Nina Gussewa vom Lehrstuhl für Sprachwissenschaft entdeckte mich (sie war noch mal aus dem Autobus ausgestiegen) und winkte mir im Gehen lächelnd zu. Ich hatte gedacht, ich wäre nicht zu erkennen, im Halbdunkel konnte ja alles mögliche schimmern, und ich war für alle Fälle auch einen Schritt vom Fenster zurückgetreten, aber sie erkannte mich. Du nicht, aber sie entdeckte mich. Sie winkte, lachte, und ehe sie wieder in den Bus einstieg, warf sie mir eine Kußhand zu.

Als die „Rjurik“, eine Zweimastbrigg, in Kronstadt auslief, herrschte ebenfalls Feststimmung. Kapitän Otto von Kotzebue (siebenundzwanzig Jahre alt, jedoch nicht unerfahren, er war bereits mit Krusenstern unterwegs gewesen) kommandierte: „Feuer!“ Und alle acht Bordkanonen schossen eine Salve ab. Von Land her donnerte es zurück: krach, bum! So nahm man Abschied voneinander ... Zwei Dutzend Mann befanden sich an Bord. Und einer kam in Kopenhagen noch hinzu. Ein langer Schlanker. Junges Gesicht, junge Augen auch, ein schüchterner Mensch, sein Haar aber (lang bis auf die Schultern) begann schon zu ergrauen. Otto von Kotzebue stellte ihn der Besatzung als Naturforscher und Sprachkundigen vor.

Man kann also doch das Schicksal vorausahnen. Chamisso vermochte es. Mit Siebenmeilenstiefeln hat er seinen Schlemihl ausgerüstet, und so durchstreifte dieser die Welt. Nun war die Reihe an Chamisso selbst ...

Ich besitze eine Karte dieser Weltumseglung. Die genaue Reiseroute. Alle Orte habe ich markiert, wo er sich aufhielt und wo auch ich, seine Spur verfolgend, gewesen bin. Brasilien und Chile, Alaska und Kalifornien, Kamtschatka und London, Hawaii und die Marshallinseln.

Die letzteren mag ich besonders gern. Ihre

östliche Randkette, die Inseln der Ratakgruppe. Die hat Kotzebue entdeckt und folglich auch Chamisso. Er war der erste Weiße auf der ganzen Welt, der die ratakische Sprache erlernte. Stell dir vor, der erste! Ich habe keine Bücher über diese Inseln in das Verzeichnis für dich aufgenommen, doch wenn du möchtest, gebe ich dir welche. Ich besitze sie selbst ... Mit Zeichnungen von Louis Choris, einem Teilnehmer der Expedition. Auf einer sieht man ein Ratakdorf, auf einer anderen die Landung der russischen Seefahrer. Nicht die erste Landung ... Bei der ersten waren die Eingeborenen außer sich vor Angst und Schrecken. Geheul und Trommelwirbel – zu Anfang, wie gesagt. Später wurden sie zutraulich und freundlich. Sie trugen die Ankömmlinge durchs flache Wasser an Land. Diese Episode hat Choris festgehalten. Palmen, jubelnde Eingeborene, ein russischer Offizier, von einem Dutzend Armen emporgehoben, ein Boot mit zwei Ruderern und darin der Doktor Eschscholtz. Er steht im Boot, die Arme über der Brust gekreuzt.

Rarik, der Häuptling der Insel Otdia (auch dessen Bild wirst du zu sehen bekommen), tauschte zum Zeichen der Freundschaft seinen Namen mit Kotzebue, dem „Häuptling" der Russen. Und Chamisso wurde „Eidara Tamisso" genannt. Eidara – das heißt Freund.

Es gibt in diesem Buch noch ein weiteres Porträt – das des Eingeborenen Kadu. Er kam auf einer der Ratakinseln an Bord und fuhr ungefähr ein halbes Jahr auf der „Rjurik" mit. Er lernte

Russisch, wollte der Mannschaft für immer nach Rußland folgen, und vielleicht wäre es auch so gekommen, wenn er und Adelbert nicht eines Tages auf der Insel Oromed an Land gegangen wären. Sehr schöne Mädchen lebten dort, auf jener Insel ... Kadu sah sie und änderte seinen Entschluß: Er wollte in der Heimat bleiben.

Eidara Tamisso versuchte nicht, ihn umzustimmen. Heimat ... Dieser Mensch hatte eine Heimat ... Nein, Eidara Tamisso versuchte nicht, ihn umzustimmen.

Ljuba, ich kann es mir so gut vorstellen: Kokospalmen, Schmetterlinge, groß wie Untertassen, Papageiengeschrei, die Sonne steht genau im Zenit, und darum gibt es keine Schatten, niemand hat hier einen Schatten. Am Ufer zwei Männer im Gespräch. Der eine dunkelbraun, der andere hellhäutig. Der eine Mikronesier, der andere Franzose. Und sie unterhalten sich auf russisch ...

Aber ich komme ins Schwätzen. Ich könnte ja endlos von dieser Schiffsreise erzählen. Sie dauerte drei Jahre, und ich bin nun schon sechs oder sieben Jahre unterwegs. Allein, gewiß, aber was macht das? Ich war im Kotzebue-Sund und in der Schischmarjow-Bucht (Gleb Semjonowitsch Schischmarjow, Zweiter Offizier auf der „Rjurik"), auf der Chamisso-Insel und auf der Insel St. Helena. Adelbert ist dort nicht gewesen, wohl aber ich – während Kotzebues zweiter Weltumseglung mit der „Predprijatije".

Zu Pferde begaben sich die russischen Reisenden zum östlichen Teil der Insel. Hier, zwischen Felsen und kümmerlichen Kautschukbäumen, hatte der Mann im grauen Mantel den Rest seiner Tage verbracht ... Wie hatte Adelbert ihn gehaßt! Doch die Gerechtigkeit triumphierte (sie triumphiert immer, ich weiß, und doch gibt es immer welche, die rufen: „Trikotage!"), und das Ende des einen war kläglich, während der andere auf der Höhe seines Ruhmes verstarb. Ein halbes Jahrhundert später errichtete das dankbare Deutschland diesem Fremden ein Denkmal. In Berlin ...

Natürlich war ich auch auf der Alëuteninsel Unalaschka, in deren Nähe die „Rjurik" in einen Orkan geriet. Eine riesige Welle stürzte übers Verdeck, warf den Kapitän nieder und schleuderte ihn gegen die Aufbauten. Er spie Blut. Sie mußten die Rückreise antreten. Es ging heimwärts ... Nach St. Petersburg. Dorthin, wo du vor einem Monat gewesen bist und wo vor anderthalb Jahrhunderten der Held deiner künftigen Dissertation möglicherweise durch dieselben Straßen ging.

Wissen möchte ich gern, ob dein wissenschaftlicher Betreuer dich wohl daran erinnert hat. Oder hat er dir von anderen Dingen geredet? Nein, nein, schon gut, ich meine ja nur. Was kümmert's mich! Ihr habt geplaudert und geplaudert. Seid umherspaziert nach Herzenslust. Dazu sind die weißen Nächte ja auch da.

„Ein Souvenir. Das schickt Ihnen Ljuba."

Das war leise gesagt, aber alle hörten es, Lenotschka steckte extra den Kopf hinter den Regalen hervor.

Ein Päckchen. Ein kleines Päckchen, rosafarben, mit einer Plastbombe darin. So sagte Konstantin Alexandrowitsch.

„Keine Bange", sagte er. „Wenn auch eine Plastbombe drin ist, großen Schaden wird sie schon nicht anrichten."

Oje, ich muß ja einen erbärmlichen Anblick geboten haben!

Er machte sich lustig. Nicht, daß er laut gelacht hätte, er lachte in sich hinein, mit ernstem Gesicht, und den Kopf trug er hoch und gerade. Wie ein Hirsch ... Ein Hirsch in Bluejeans.

Dann entfernte er sich hufeklappernd, und Lenotschka redete mir gut zu, Plastbomben sähen ganz anders aus. Wir tranken Tee. Gutes Konfekt dazu und Kirschtorte. Ein Abschiedsschmaus ... Die Bibliothek wurde geschlossen, alle gingen in Urlaub – außer mir. Ich würde mir nun das Archiv vornehmen.

In dem Päckchen lag etwas Flaches, fest und glatt. Wie Ansichtskarten. Vielleicht Fotos von Leningrad? Keine Plastbombe, sondern Ansichten von Leningrad. Doch als ich dann an meinem Tisch saß und auspackte, schlug doch die Bombe ein. Zwar hörte es niemand außer mir, nicht einmal Lenotschka, aber dennoch war es eine Explosion. Folgendes erblickte ich auf den bunten Kärtchen: Mützen und Jacken, Westen und Pullover, Socken, Kleidchen, Schals ... „Zum Selbststricken" – so nannte sich der Kartensatz. –

„Das schicke ich an Juri Iwanowitsch ..." Du wirst gelacht haben, nach Geld gesucht, er kam dir zuvor. Er bezahlte selbst und zeigte dabei ein feines Lächeln, dieser Hirsch in Bluejeans. Dein Spott gefiel ihm ...

Ich igelte mich ein, mir wuchsen böse Stacheln. Selbst damals, als sie mir „Trikotage!" nachriefen, war es nicht so schlimm gewesen. Da hatte ich mich nicht feindselig eingeigelt. Denn damals war es berechtigt. Damals gab es einen Anlaß – zwar hatte nicht ich ihn gegeben, sondern Vater, aber immerhin war ich sein Sohn, und folglich mußte ich dafür geradestehen. Wofür aber jetzt das? Und ausgerechnet von dir. Noch dazu in Gegenwart dieses Iglikow. Dieses Konstantin Alexandrowitsch.

Später kam deine Ansichtskarte, schon aus Moskau, und ich merkte, daß ich mich umsonst eingeigelt hatte. Der Kartensatz an einem Kiosk in Leningrad hatte dich einfach an Neujahr erinnert, an die Lotterie, an meinen Gewinn – das Wollknäuel mit den Stricknadeln. Und auch daran, wie wir um vier Uhr morgens vors Haus traten, und ringsum war alles weiß vom Schnee und auf den Straßen so viele Leute und Gelächter und die Laternen. „Augenblick", hast du zu Konstantin Alexandrowitsch gesagt, hast flink Geld hervorgeholt – dein eigenes! –, hast die Karten gekauft, eingepackt und an mich geschickt, überzeugt, ich würde es richtig verstehen. Und bei mir ist es ganz falsch angekommen. Ich habe erst später kapiert. Erst als ich deine Karte erhielt. Diesmal nicht mit einem modischen Strickmützchen darauf, sondern mit einer Ansicht vom Ostankino-Park. Und auf der Rückseite: „Einen Gruß aus Moskau, mein liebes, lichtes Menschenkind!"

Wie zäh sich die Tage dehnen! Die Sonne steigt am Himmel auf und hängt endlos dort oben ... Als wär der liebe Gott ins Bad gegangen und hätte vergessen, das Licht auszuknipsen. Ich erinnere mich nicht, je so einen langen Sommer erlebt zu haben.

Stimmt nicht. Ich erinnere mich doch ... Die Strandpromenade, der Sturm, Taja Kriworutschenko – ich starre ihr nach. Wasserstaub spritzt mir in die Augen, ich zwinkere und starre weiter, sie soll sich noch einmal umdrehen, hoffe ich, aber sie tut es nicht.

So wie ich, als ich wegging und Vater im Toreingang stand, im blauen Jackett, auf dem Asche und helle Haare hafteten ...

Sie hat sich nicht umgedreht. Und ist auch nie wiedergekommen. Ich aber wartete. Ich war so sicher: Sie würde kommen. Sie aber kam nicht, und da begann ich, ihr vor der Bibliothek aufzulauern.

Du fragst, warum? Ich weiß nicht. Ich kann es nicht erklären. Auch jetzt kann ich es noch nicht erklären, aber ich weiß genau, mit welcher Ungeduld ich damals den ersten September erwartete. Wie ich die Tage zählte. Ich las Nekrassow, die „Russischen Frauen". Jetzt lese ich Victor Hugo,

„Nôtre-Dame de Paris“, dein Lieblingsbuch, damals las ich Nekrassow. Es ist doch nicht schlimm, daß ich das erzähle? Ich möchte, daß du alles über mich weißt. Wirklich alles. Wenn ich nur nicht zu feige bin, dir diese Hefte zu geben …

Wieso feige? Wenn ein Wächter … Oder ein Posten … Oder ein Elektriker … Kurzum, wenn jemand, der Bereitschaftsdienst hat, auf seinem Posten ausharrt – alle feiern und sind vergnügt, er aber harrt aus –, ist das etwa Feigheit?

Am ersten September kam sie nicht zur Schule. Am zweiten auch nicht … Ich schaute ins Klassenbuch – schaute nach und erstarrte: Der Name Kriworutschenko fehlte. Ich überflog das ganze Verzeichnis – am Ende war etwas durcheinandergekommen in der alphabetischen Reihenfolge? Nichts! In meinem Kopf dröhnte es: „Ein übler Husten … Hm ja! Ein böser Husten.“

Das hatte doch ein Arzt gesagt. Ein Zahnarzt, aber immerhin …

Es klingelte, ich setzte mich in meine Bank, aber ich sah und hörte nichts. Diese fünfundvierzig Minuten, Ljuba, die werde ich nie vergessen.

Gleich in der ersten Pause lief ich zur Klassenleiterin.

„Was ist mit Taja Kriworutschenko?“ fragte ich.

„Nichts“, erwiderte sie verwundert. „Was soll denn sein?“ Das klang nun schon besorgt. Meinem Ton entnahm sie, es müßte etwas passiert sein, wovon sie nichts wußte.

In Wirklichkeit war ich es, der nicht Bescheid wußte. Es stellte sich heraus, sie hatten eine Wohnung bekommen, im Neubauviertel hinterm Bahnhof, und Taja hatte die Schule gewechselt. Die Schule und auch die Bibliothek ... Ich hätte mühelos herausbekommen können, was für eine Schule das war, hätte die neue Adresse und die dortige Bibliothek erfragen können, aber ich tat nichts dergleichen.

August, es ist schwül, das Fenster ist weit geöffnet, die zugezogenen Vorhänge bewegen sich leicht und treiben auseinander. Ich habe das Gefühl, als blicke jemand aus dem Dunkel hier herein. Wer denn? Du weißt ja, ich wohne im ersten Stock. Silytsch vielleicht ... Der aber ist nicht zu hören. Tamara Bogdanowna, die ehemalige Straßenbahnfahrerin, spielt auf der Geige, irgendwo klingelt ein Telefon, Silytsch aber schweigt. Ich stehe auf, ziehe die Vorhänge zurecht, sie treiben wieder auseinander, da hefte ich sie mit einer Wäscheklammer zusammen.

Ich rührte keinen Finger, um sie ausfindig zu machen, dabei wäre ich ihr so gern begegnet. Zufällig ... Viele Male schien es mir – da ist sie! Dann stockte mein Herz, doch einen Moment später sah ich, sie war es nicht. Witta ist eine kleine Stadt, da muß man sich wundern, daß wir uns ein ganzes Jahr lang nicht ein einziges Mal begegnet sind. Jetzt denke ich, es ist gut so. Meinen Vater zum Beispiel habe ich wiedergesehen ... –

Er war es, der nach mir suchte und mich fand. In Witta. Ich studierte schon an der Fachschule, im letzten Semester, und war für die Ferien nach Hause gekommen. Wohin sollte ich sonst – sommers sind die Studentenwohnheime geschlossen.

Aus allen Himmelsrichtungen kommen die Urlauber ans Meer. Sie haben ihre liebe Müh, ein Quartier zu finden, geben eine Menge Geld aus, ich aber bin ein Einheimischer und „nutze das Meer nicht". Anfangs hat sich Mama darüber aufgeregt, später fand sie sich damit ab und ließ mich in Ruhe. Nur gelegentlich fange ich einen bekümmerten Blick von ihr auf (auch jetzt noch zuweilen). Ich weiß, was dieser Blick bedeutet. Beide – sie und auch Valentin Jurjewitsch – halten mich für ein bißchen verrückt. Sei's drum! Mir ist das sogar lieber. So fallen sie mir wenigstens nicht mehr mit Belehrungen lästig.

Ich saß den ganzen Tag zu Hause herum – zu Hause oder im Lesesaal –, erst gegen Abend ging ich an die Luft. Dabei fing Vater mich eines Tages ab.

Ich erkannte ihn sofort. Er kam über die Straße auf mich zu, mit kleinen eiligen Schritten, er trug eine dunkle Brille und eine Strandmütze. Ich hatte ihn bereits erkannt, doch ich ging weiter, als wäre nichts gewesen.

Bis heute weiß ich nicht, warum ich mich so verhielt. Vielleicht war ich mir nicht sicher, daß er es war? Nein, ich glaubte es schon. Ich weiß selber nicht, warum ...

„Jura!" rief er. Mit leiser Stimme. Leise und beherrscht.

Ich blieb stehen.

„Guten Tag“, sagte er. „Erkennst du mich nicht?“

Er nahm die Brille ab. Lächelte. Zwang sich zum Lächeln, damit ich ihn wenigstens daran erkennen sollte. Fältchen standen ihm auf Stirn und Wangen.

„Erkennst du mich wirklich nicht?“

Er war füllig geworden, und in seinem Mund, wo seinerzeit das schwarze Loch gewesen war, blitzte Gold.

„Doch, doch“, sagte ich gepreßt.

Er trat auf mich zu, streckte mir wie einem Erwachsenen die Arme entgegen – vielleicht wollte er mich umarmen, doch dafür hielt er sie zu niedrig, vielleicht sollte ich ihm auch die Hände schütteln, doch warum gleich alle beide? Sein Lächeln wurde immer breiter, immer mehr Gold blitzte in seinem Mund, und immer mehr Fältchen bildeten sich auf seinem gebräunten Gesicht.

„Nun, wie geht es dir? Was machst du? Bist ja schon ganz erwachsen ... Wo willst du jetzt hin? Hast du etwas Zeit? Ich komme ein Stück mit.“

Nebeneinander gingen wir weiter.

Er erzählte, er sei bereits zwei Wochen in Witta, hätte mich aber leider erst vor kurzem ausfindig machen können. Er sei in Swetopol gewesen, in der alten Wohnung, auch in der Fachschule sei er gewesen, und dort habe man ihm die Adresse gegeben.

Er schien sich vor mir rechtfertigen zu wollen ... Und zwar nicht nur, weil er mich nicht gleich nach seiner Ankunft aufgesucht hatte. Da mußte noch etwas anderes sein.

Und bald begriff ich, was es war.

„Papa!"

Ein kleines Mädchen holte uns ein, auf einem Dreirad und mit einer weißen Schleife im Haar. Die hatte sich gelöst.

Wir blieben stehen. Sein Blick pendelte zwischen dem Haarband und mir hin und her, er sah mir aber nicht ins Gesicht, einen Moment zögerte er, entschloß sich dann doch nicht, die Schleife neu zu binden.

„Das ist Jura", sagte er. „Und das ist Katja ..."

Kinderfahrräder rollten bimmelnd an uns vorüber. Katja sah mich mit ihren blauen Augen nur flüchtig an – sie wollte ja etwas von ihm. Er sollte dieses Rad abgeben und ihr ein anderes holen, eins mit Klingel.

„Ein anderes!" rief sie. (Rings um uns Gelächter und Geschrei.) „Ein anderes will ich, hörst du?"

Er nickte – schon gut, ich höre ja –, nickte und lächelte, tauschte das Fahrrad aber dennoch nicht um. Jedenfalls nicht in meiner Gegenwart ...

Seine Frau habe ich auch gesehen. Flüchtig. Sie saß auf einer Bank neben der Spielzeugausleihe. Dürr. Häßlich ... Katja fuhr auf sie zu und hielt ihr das Köpfchen hin, da band sie die Schleife.

Vater fragte, wie ich mit dem Studium zurechtkäme, mit wem ich befreundet sei, ob ich gut schwimmen könne. Doch er war zerstreut und nickte immer schon im voraus. Nickte und lächelte.

„Du bist ja überhaupt nicht braun“, wunderte er sich auf einmal.

Ich brummelte etwas, und er gab sich damit zufrieden. Er gab sich mit allem zufrieden – mit meinen ungereimtesten Antworten. Warum ich die Bibliothekarslaufbahn gewählt hätte. Und wo ich später arbeiten wolle ... Er fragte, ob ich etwas brauche. Für alle Fälle sei hier seine Adresse.

Er griff in die Jackentasche. Taschentuch, Kamm, eine Streichholzschachtel ...

„Einen Zettel brauchte ich.“ Er lachte. „Hast du nicht mal einen Zettel?“

„Nein“, sagte ich.

Eine Zigarettenpackung ... Er freute sich.

„Oh!“ Und er riß ein Stück davon ab.

Lange suchte er nach etwas zum Schreiben, obwohl er, glaube ich, wußte, daß er gar nichts bei sich hatte. Er wandte sich an einen Passanten:

„Verzeihung, haben Sie vielleicht ...“ Dann kritzelte er ein paar Worte auf das Papier.

„Nun, und deine Adresse kenne ich ja.“

Er lachte wieder. Er wollte etwas fragen – die ganze Zeit, sah ich, wollte er etwas fragen –, ließ es aber dann doch. In seinem Mund blitzte das Gold.

Dieses Stück Zigarettenschachtel habe ich immer noch. Von seiner Adresse aber habe ich nie Gebrauch gemacht und er nicht von meiner. –

„Sind Sie in einem Kinderheim aufgewachsen?“

Iglikow … Konstantin Alexandrowitsch. Im Sporthemd, ein wenig außer Atem …

Eine halbe Stunde zuvor war die Sitzung der Aufnahmekommission zu Ende gegangen, der Konstantin Alexandrowitsch angehört hatte, doch draußen regnete es in Strömen, so war er auf einen Sprung in die Turnhalle gekommen. Es überraschte ihn, mich hier inmitten eines Berges von Mappen und Heftern anzutreffen.

„Juri Iwanowitsch! Sind Sie das?“

Er wußte nicht, daß ich nebenberuflich auch noch als Archivar arbeite.

„Ja, ich bin es …“

Er kam näher.

„Eine Beschwerde?“

Ich lächelte verständnislos.

„An den Herrgott über die Unzulänglichkeit der Welt. Worüber sonst könnte man soviel schreiben?“

Und dann ging er zum Barren. Ohne meine Antwort abzuwarten. Ohne auf einer Erklärung zu bestehen, was diese hohen Papierstapel eigentlich bedeuteten.

Draußen grollte der Donncr. Blitze durchschnitten die Finsternis, und es goß wie aus Kannen.

Er zog sein Oberhemd aus. Stellte einen Holm etwas höher. Nahm Anlauf, sprang hoch, und schon kreiste sein langer Körper unterm elektrischen Licht.

Ich war immer schlecht in Sport gewesen. Das

Kletterseil dehnte sich wie ein Regenwurm, sobald ich mich ihm näherte. Und je höher ich kletterte, um so länger wurde es. Und wenn ich am Reck einen Klimmzug machte, hielt mich jemand unsichtbar am Bein fest. Ich strampelte, um ihn wegzuscheuchen, die Klasse kugelte sich vor Lachen.

Taja Kriworutschenko haßte den Sport ebenfalls. Sie liebte Bücher und haßte den Sport.

Konstantin Alexandrowitsch kommt mit jedem gut aus. Er ist eine harmonische Persönlichkeit, unser Konstantin Alexandrowitsch …

Er turnte zu Ende und kam wieder zu mir.

„Sind Sie in einem Kinderheim aufgewachsen?"

Seine Brust hob und senkte sich, unterm Turnhemd lugten goldfarbene Härchen hervor.

„Aber nein", erwiderte ich erstaunt. „Nicht im Kinderheim. Ich habe doch … Nein, nein, nicht im Kinderheim."

„Was heißt – ich habe doch?"

Das war ja ein Verhör. Er fragte nicht, er verhörte mich. Und warf wieder einen Seitenblick auf die Hefter und Mappen. Doch auch diesmal fragte er nicht, weshalb ich mich mit alldem abgebe. Noch dazu im Sommer. Zur Urlaubszeit.

„Ljuba ist ganz begeistert von Ihrer Belesenheit."

Als steckte meine Belesenheit in diesen Mappen hier.

„Ach, ich … Ich habe ihr einfach etwas Literatur empfohlen. Über Chamisso."

Er sah mich an und schwieg. Er dachte nach und schien sich von der Richtigkeit seiner Gedanken überzeugen zu wollen.

Genauso hatte der Wachtposten mich mit meiner Geburtsurkunde verglichen, bevor er uns zum Besuch bei Vater vorließ …

„Sie arbeitet da über einen wenig bekannten Schriftsteller“, fuhr ich fort, und es klang, als wollte ich mich rechtfertigen. „Soviel ich weiß, hat bei uns noch niemand …“

„Wieso niemand? Sie tut es doch … Sie schließt diese Lücke.“

Jetzt entschloß ich mich zu einer Frage. Du hast gesagt, ich würde nie etwas fragen, jetzt aber fragte ich.

„Waren Sie es, der ihn ihr empfohlen hat?“

Er sah mich abermals prüfend an.

„Ja.“

Er wartete, was weiter käme. Ich fragte aber nichts mehr. Ich hatte nur wissen wollen: Warum ausgerechnet Chamisso?

„Wundert Sie das?“

Jetzt atmete er wieder gleichmäßig, er hatte verschnauft, ging aber nicht zum Barren zurück.

„Freilich …“, hob er an, doch ein Donnerschlag schnitt ihm das Wort ab. Er wartete mit geöffnetem Mund. „Freilich, Chamisso ist nur ein drittrangiger Schriftsteller. Dafür aber noch nicht abgedroschen, und das spielt bei der Dissertation keine geringe Rolle.“

Die Fenster flammten auf – alle fünf oder sechs, ich weiß nicht genau, wie viele dort sind. Als würden sich fünf oder sechs feurige Fratzen gegen die Scheiben pressen. „Weser oder Vezère?“ Und sie wieherten ohrenbetäubend. Sie wieherten so, daß alles bebte, nur Konstantin Alexandrowitsch allein lächelte weiter, hoch über mir in seinem weißen Turnhemd.

„Ein drittrangiger?“ fragte ich. „Wieso drittrangig?“

Meine Stimme brauchte lange, ehe sie ihn endlich erreichte.

„Darum, mein lieber Juri Iwanowitsch, weil die Idee geklaut ist. Dieser Fouqué beispielsweise ... Haben Sie von dem schon mal gehört? Friedrich Fouqué, der Autor der ‚Undine‘. Also, dieser Fouqué schrieb zwei Jahre vor dem Entstehen des ‚Schlemihl‘ die Geschichte ‚Das Galgenmännlein‘. Dort haben wir die gleiche Idee. Du bekommst das Gold und gibst dafür deine Seele. Ein einfaches Tauschgeschäft. Übrigens hat auch Fouqué nicht den Stein der Weisen entdeckt. Das alles gab es schon bei Grimmelshausen.“ Und er fügte hinzu, wenn ich mehr über die deutsche Romantik erfahren möchte, so sei ich in seinen Vorlesungen herzlich willkommen.

„Aber im ‚Schlemihl‘ geht es doch gar nicht darum“, stammelte ich.

„So? Das ist ja interessant. Worum denn?“

Draußen donnerte es abermals.

„Nun?“ fragte er hartnäckig. Und er wuchs immer höher hinauf, während ich in der Erde zu versinken schien. Im Fußboden ... Im Linoleumfußboden, auf dem sich die Mappen türmten.

„Schlemihl ist dumm wie Bohnenstroh und darum uninteressant“, sagte dein wissenschaftlicher Betreuer. „Der Mann in Grau hat ihm eine wunderbare Chance gegeben, eine unter einer Million, und er, der Tölpel, nutzt sie nicht. Der Name Schlemihl übrigens bedeutet ja auch Tölpel."

„Was für eine Chance?" fragte ich. „Fortunati Glückssäckel?"

Konstantin Alexandrowitsch lachte. Über meine Naivität. Über meine Unwissenheit.

„Fortunati Glückssäckel – das ist keine Chance, bester Juri Iwanowitsch. Fortunati Glückssäckel, das ist ein Lotteriegewinn. Weiter nichts. Wie gewonnen, so zerronnen ... Nicht zu verachten, gewiß, aber ... Keine Chance, nein."

Er verstummte und wartete ab, daß ich fragen würde, worin denn dann die Chance bestünde. Ich fragte ihn.

„Darin, daß er keinen Schatten hat", sagte er schlicht.

Ich traute meinen Ohren nicht.

„Daß er keinen Schatten hat?"

„Ja doch! Genau das. Das ist in der Tat eine Chance. Nur hat euer Schlemihl nicht den Mut, sie beim Schopf zu packen. Er hätte auf den Platz hinaustreten müssen, am hellichten Mittag, hinaustreten und rufen: ‚Heda! Alle mal herschauen! Seht ihr? Wo ist mein Schatten? Er ist nicht da. Ich habe keinen Schatten!' O ja, das hätte Eindruck gemacht. Damit hätte er alle in die Knie gezwungen. Die Menschen sind nun mal so: Entweder liebedienern sie vor dem, der anders ist als sie, oder sie treten ihn mit Füßen. Und wissen Sie, wovon das abhängt?"

„Wovon?"

„Davon, wie sich das betreffende Individuum verhält. Ob es sich im Keller versteckt, um nur nicht aufzufallen, oder ob es furchtlos in die Sonne tritt. Im ersten Fall wird es zu einem Ausgestoßenen, im zweiten zu einem Auserwählten. Im ersten Fall ist es ein Peter Schlemihl, im zweiten – ein Napoleon."

So redete Konstantin Alexandrowitsch Iglikow, dein wissenschaftlicher Betreuer. Er redete, und im elektrischen Licht zeichneten sich auf dem Fußboden zwei Schatten ab. Zwei! Von einer einzigen Gestalt mit schlanken Hosenbeinen. Übrigens war die Hose grau ...

Inzwischen weiß ich, daß das ein Beleuchtungseffekt war. Er wurde von zwei Seiten von Lampen angestrahlt, so entstanden auch zwei Schatten.

Er ging zum Reck, und sie begleiteten ihn. Er schwang sich hoch und begann zu kreisen, bald sah ich nur noch eine propellerähnliche grauweiße Scheibe.

Gleich wird er fortfliegen, dachte ich. Auf und davon ... Und dabei knotete ich emsig an den Bändern herum. An den Archivmappen. Band sie zu und wieder auf ... Zu und wieder auf ...

Ich habe schlecht geschlafen in dieser Nacht. Fast gar nicht. Bis zwei Uhr rief Silytsch, dann wurde er still, und ich lag immer noch mit offenen Augen. Von Zeit zu Zeit schlummerte ich ein, und dann träumte mir ... Wirst du mir auch nicht böse sein? Ich sah uns beide auf einer sonnigen Straße gehen, zusammen, und wir hatten beide keinen Schatten. Weder du noch ich, aber es war uns ganz schnuppe. Nur, du – das warst irgendwie nicht du, sondern ...

Weißt du, was mir in dieser Nacht klargeworden ist? Und zwar nicht im Traum, sondern im Wachen, schon gegen Morgen, als Silytsch wieder schrie. Mir wurde klar, was Taja Kriworutschenko damals an der Kreuzung zu mir gesagt hatte. „Du hast Angst, daß ..."

Ach, das muß nicht sein. Vielleicht später einmal. Und es ist auch nicht so wichtig. Hauptsache, ich habe mich entschlossen ... Wie soll ich es dir erklären? Aus dem Keller herauszukommen – das ist es. Aus dem Keller herauszukommen! Aber womit beginnen? Am besten wohl damit, daß ich dir alles erzähle. Rückhaltlos alles, wie du mich gebeten hast. „Erzähl mir von dir, Jurotschka." Weißt du es noch?

Und also erzähle ich. Du gehst durch Gorki, deine Heimatstadt, und ich erzähle dir von mir.

Ich gehe ebenfalls durch Gorki. Mit dir zusammen ... Früher bin ich auf Chamissos Spuren gewandelt, jetzt auf den deinen. Über Gorki ist schon viel geschrieben worden, ich habe noch nicht alles gelesen, aber einiges doch, und ich habe ein paar Einzelheiten herausgefunden, von denen du vielleicht gar keine Ahnung hast. Drei Jahre warst du nicht dort gewesen, du hattest Heimweh. Das verstehe ich. Drei Jahre ... Ebensolange, wie Chamisso fern von Deutschland weilte. –

Nein, bei Chamisso war es länger. Im August traf die „Rjurik" in St. Petersburg ein, aber es gab noch verschiedene Formalitäten zu erledigen (immerhin eine Weltreise!), und er mußte auf ein Schiff warten, das ihn nach Swinemünde mitnahm ... Erst im Oktober betrat er wieder deutschen Boden.

Der Wind spielte mit seinem Haar (das war noch stärker ergraut), ließ das Tuch an seinem sonnengebräunten Hals flattern, und in seinen Augen ...

Heimkehret fernher aus den fremden Landen,
In seiner Seele tief bewegt, der Wandrer;
Er legt von sich den Stab und kniet nieder
Und feuchtet deinen Schoß mit stillen Tränen,
O deutsche Heimat!

Deutsche Heimat!

Er hat diese Verse gleich damals geschrieben, du weißt es.

Vielleicht bist du morgen um diese Zeit schon in Swetopol. Und ich habe dir noch so viel zu sagen! Ich muß mich beeilen ... Es ist elf Uhr, draußen alles dunkel, aber Silytsch schweigt beharrlich. Warum schweigt Silytsch? Spürt er etwas? Und überhaupt, wie still es heute ist, obwohl meine beiden alten Weiblein noch nicht schlafen, dafür ist es noch zu früh.

Vor einer Stunde hat Tamara Bogdanowna ihre musikalischen Übungen beendet, sie liest jetzt Remarque, den hat sie sich gestern geholt, und Soja Alexejewna wird wahrscheinlich strikken. Nicht auf der Maschine – mit Stricknadeln. Die habe ich ihr geschenkt. Die von Neujahr. Das macht doch nichts?

Deine Augen glänzen, Lichtreflexe spielen auf deinem Haar, die Türen sind weit offen – eine, noch eine; und dort, in der Tiefe des Raumes, schimmern die Lichter des Tannenbaumes ...

Wenn ich dir doch bald diese Hefte übergeben könnte! Sie einfach in deine Hände geben ...